9

藤孝剛志

Illustration
成瀬ちさと

contents

ACT1

ACT2

Character

Tomochika Dannoura

高校二年生。夜霧のクラスメイト。見た目は美少女で胸も結構大きいが、言動で残念がられているツッコミ担当。夜霧と同じく《ギフト》のインストールは受け付けなかったが、壇ノ浦流弓術という弓術から派生した古武術を習得している。

Yogiri Takatou

高校二年生。常にやる気なさそうな感じで学校では寝てばかりいたが、真剣な表情をすると、意外とイケメン。この世界特有の力《ギフト》のインストールは受け付けなかったが、元の世界にいた時から《即死能力》を持っていた。別名AΩ《アルファオメガ》。

Asaka Takatou

難航していた就職活動中、『独立行政法人高次生命科学研究所』という怪しげな研究所の面接を受け、そのままなし崩し的に就職してしまった女子大生。長い髪を普段は後ろでまとめて一括りにしている。就職先でAΩ《アルファオメガ》と出会い、夜霧と名付けた。

Mokomoko Dannoura

知千佳の先祖で背後霊。平安時代の幽霊で、壇ノ浦流弓術中興の祖……らしい。知千佳の姉にそっくりな容姿をしており（かなり太っている）、衣装は白い狩衣《かりぎぬ》っぽい着物を着ている。なにげにデジタルテクノロジーに精通している。

Ryouko Ninomiya

夜霧たちのクラスメイト。実は夜霧を隔離していた『研究所』から派遣され、夜霧の監視任務についていた。スマホに夜霧の監視ツールがインストールされている。元の世界では忍者だが、こちらの世界でのクラスはサムライで、戦闘時は羽織袴に二本差し。

Enju Sumeragi

夜霧がまだ朝霞と独立行政法人高次生命科学研究所の隔離施設で暮らしていたころ、一時期そこに避難していた少女。夜霧が固執する数少ない人間の一人。そのため対夜霧用に彼女の姿を模したロボットが作られた。日本を裏から統べているという皇家の一族。

Daimon Hanakawa

夜霧たちのクラスメイト。以前も召喚されたことがあり、回復術士《ヒーラー》としては最高レベルの九十九だが、これは人間としての種族限界で、この世界ではそれほど強くはない。小太りなオタクで、ござる口調で喋る。それとは別に、性癖がキモイ。

Carol S. Lane

夜霧たちのクラスメイト。高校入学に合わせて日本にやってきたアメリカ人。諒子と同じく夜霧の監視任務についていたが、所属は『機関』。こちらの世界でのクラスはニンジャで、戦闘時は赤いニンジャ装束を着て額当てを着けている。武器は忍者刀。

Character

Haruto Outori

夜霧たちのクラスメイト。実は代々異形の血を受け継いでいる鳥の獣人。背から翼を生やし空を飛ぶことができる。王都でほとんどのクラスメイトが死んだ中、重傷を負っていた春人は翼があったことでザクロという神に助けられ、その手伝いをしている。

Shigeto Mitadera

夜霧たちのクラスメイト。こちらの世界でのクラスは預言者《オラクルマスター》。運命を予見する能力だが、預言書が示すのは攻略情報のようなもので、イレギュラーな状況を知ることまではできない。賢者を倒すことができるアイテム、世界剣オメガブレイドを手に入れた。

Eufemia

夜霧たちのクラスメイトの橘《たちばな》裕《ゆう》樹《き》に隷属させられていたが、裕樹が夜霧と敵対して死んだ後、レインの眷属にされ、レインの死後は後継者争いで勝ち残ってオリジンブラッドになった、半魔の少女。さらにその後、リズリーを主と認め、従者となっている。

Risley

オリジンブラッドと呼ばれる最上位の吸血鬼でもあった賢者レインが、死ねない自分を殺してくれることを夜霧に期待して戦いを挑み、望みどおり死んだ後、自分の理想とする姿に調整して残した、複製の少女。レインの記憶は一部しか受け継いでいない。

即死チートが最強すぎて、異世界のやつらがまるで相手にならないんですが。

ACT 1

1話　見た目がキモイから犯罪者扱いって、そーゆーのが冤罪を生むのでござるよ

エルフの森と呼ばれる熱帯雨林の中央にある地下遺跡。

そこに夜霧《よぎり》たちはいた。

普通なら人がうろうろしているような場所ではないはずだが、なぜか人が集まってしまっている。

一緒にやってきたのは壇ノ浦《だんのうら》知千佳《ともちか》、もこもこ、ベビーと名付けた赤ん坊が成長した幼女。

先にいたのが、途中ではぐれた花川大門《はなかわだいもん》、盾使いのビビアンと、ヨシフミの部下らしき女だ。

すでに死んでいるヨシフミを除けば、七人がここに集合したことになる。

「はい！　で、こっからどうしたもんでしょうか！」

やけくそ気味に知千佳が言った。

遺跡の地下にまでやってきたのは、賢者の石が変化した赤ん坊の示すほうへと向かったからだ。

ベビーは、ヨシフミが持っていた賢者の石が目当てだったのだろう。

ベビーは目的を達したわけだが、夜霧たちの本来の目的は森を出ることだった。

森を出るのはヨシフミのもとへ向かって賢者の石を手に入れるためだったのだが、その賢者の石

はベビーが吸収してしまった。

おまけに、ベビーは三歳児ぐらいにまで成長してしまっている。

確かにわけのわからない事態で、夜霧も知千佳の気分はよくわかるのだった。

「……話ができるなら訊いてみるしかないか。このまま賢者の石を集めるとどうなるのか、それに意味があるのかどうか」

元の世界に帰るには莫大なエネルギーが必要らしい。

そのエネルギー源として賢者の石を求めていたが、人間の子供のような形になってしまった賢者の石からそのエネルギーを取り出せるのかがよくわからない。

「この大きさなら歩けるよな。下ろしていい？」

「うん」

ベビーははっきりと返事をした。

だが、見た目通りに三歳児程度の知能しかないのなら、疑問の答えが返ってくるかは怪しいだろう。

「ちょっと待って！　えーと……確か使えそうなものが……」

知千佳が、夜霧が背負っているリュックを漁《あさ》りはじめた。

「花川くんはちょっとよそむいててね。女の子のあられもない姿を見せるわけにはいかないから」

抱っこ紐で抱えているベビーは布でくるんでいるだけの状態だった。

大きさが変化したので、そのままではすぐにはだけてしまうだろう。知千佳は着替えを探しているのだ。

「失礼でござるね！　拙者ロリの気も多少はありますが、さすがにそこまで小さい女の子は対象外でござる！　といいますか、でしたらなぜ高遠殿《たかとおどの》はいいのでござるか！　この男だって幼い少女を相手に邪《よこしま》なことを考えておるやもしれぬではないですか！」

「高遠くんはそんな感じじゃないから」

「それはなにゆえに！」

「うーん……見た目？」

「ちくしょーでござるよ！」

準備ができたようなので、夜霧はベビーを知千佳に渡した。

幼女の裸になど興味はないが、念のために知千佳たちに背中を向ける。

「……だいたい見た目がキモイから犯罪者扱いって、そーゆーのが冤罪を生むのでござるよ……。そういった決めつけは現実の幼女を守る役には立たぬのでござる。……実際のところそういったよからぬことをするのは、どこかにいるキモオタではなく、近所の親切そうなおじさんだったりするのでござる……」

夜霧は花川の隣に行った。

納得がいかないのか、花川はなにやらぶつぶつとつぶやいている。

「着替えおわったよー」

知千佳が呼びかけてきたので、振り向いた。

幼女は、大きめのTシャツを着ていた。大人サイズのものなので、三歳児が着ればワンピースのようになっている。下着もなにかしら穿《は》かせたのだろう。

「ちょっとまって！　なんか勝手に話が進んでるようだけど、私をないがしろにしないでもらえない!?」

今にいたるまで呆けていたビビアンだが、気を取り直したようだ。

「そう言われても……ここに来たらビビアンがいただけだし……。どうしたいんだよ。確かヨシフミを倒して王国を再建するとかだろ？　ヨシフミなら死んだし、そっから先はいろいろ頑張れば？」

王国再建の手伝いなどできないし、するつもりもない。それは夜霧たちが元の世界に帰還する役には立たないだろうからだ。

「そうだけど！　そうなんだけど、これで納得いくと思う!?」

「拙者は納得したでござるよ！」

「あんたには訊いてない！」

「ビビアン殿……ここはもう流れにまかせてしまって、ごちゃごちゃ余計なことは言わないのが得策でござるよ！　ほら、レナ殿もおとなしくしているではないですか」

ヨシフミの部下らしい、不健康そうな見た目の女はレナというらしい。

レナは、倒れたヨシフミを見下ろしていた。

横暴な賢者が死んで解放されたと喜んでいる雰囲気ではない。ヨシフミが死んだという現実を受け止めきれず、呆然としているようだった。

「ふざ……けんな！　こっちが！　どれだけ苦労してこの地位までやってきたと思ってやがんだ！」

レナが激昂した。

「お前が死ぬとかおかしいだろ!?　無敵なんじゃなかったのかよ！　最強なんじゃなかったのかよ！　くそがっ！　お前ならあいつを倒せると思ってたから、くそみてぇな性格のお前にへーこらしてたんだろうがよ！」

「死ね」

レナが倒れた。

殺意を感じた夜霧が力を使ったのだ。

「え？　その、お亡くなりに？」

「やけくそになってなんかしようとしてたから」

「いやいやいや！　なんか思わせぶりなこと言ってたでござるよね？　そのあたりもうちょっと訊《き》いて、共闘したりとか？　そうでなくても主の復讐を誓ってパワーアップして再登場とか！　そーゆー展開にはならんのですか！」

「なんで花川がキレてんだよ」

　よくわからない夜霧だった。

「とにかくさ。ここは出ないか？　ここじゃ落ち着いて話もできないよ」

「そ、そうでござるな。こんな陰気な所にいつまでもいては気分が落ち込むというものでござる！　拙者には明るい太陽の下が似合うと思うのでござるよ！」

　ここにある灯りは、幼女が出している光る球と、ビビアンの輝く盾だけだった。

　それらが周囲を照らし出してはいるが、闇の中にいるという印象は拭いきれない。

　あまり楽しい場所ではないのは確かだろう。

「そう？　なんか家にひきこもって、暗い部屋の中でアニメ見続けてぐふぐふ言ってるイメージなんだけど」

　悪気ない様子で知千佳が言った。

「ステレオタイプな偏見がひどいのでござるよ！　拙者、こう見えてもアウトドア派なのでござるが！　聖地巡礼とか行く系でござるよ！」

「出るなら、俺たちが来た所からがいいのかな。花川たちはどっからきたの？」

「地面に空いた穴から落ちてきたでござるよ」

　クリスという女に無理矢理連れてこられたとのことだった。

それからヨシフミたちと遭遇して現在に至るとのことだ。

「私も同じね。ヨシフミたちは別の所から来たみたいだったけど、それがどこかはもうわかんないよね」

ビビアンが倒れているヨシフミとレナに目をやった。

「落ちてきた穴からはそう離れてないから、そっちに戻るのがいいかな」

「結構な高度でしたが、上る手段があるので？」

「ベビーがどうにかできるんじゃないかな。落ちてくるときも落下速度遅くしてくれたし」

「パパ。ベビーはやめて……」

赤ん坊が成長して三歳児ぐらいの見た目になった幼女が不満を言う。

夜霧が適当にベビーと名付けたのだが、本人は気に入らないようだ。

「まあ、もう赤ん坊じゃないしな……。じゃあ、ガール？」

「雑にもほどがあるな！　ベビーもあんまりだったけど！」

「じゃあ、誰か決めてくれよ」

夜霧は不満げに投げ出した。知千佳が納得する名付けをできる気がしなかったのだ。

「では拙者が……」

「あ、花川くんはエントリーできないから」

「なにゆえにでござる！」

「萌《もえ》とか付けそうだし」

「どういう偏見でござるか！　全世界の萌って名前の美少女に謝るでござるよ！」

「うーん。けどいざ付けるってなると難しいよね……すごく可愛いんだけど……イメージにあった名前なぁ」

知千佳は腕を組んで考えはじめた。

「時間かかるなら後にして、とにかく地上に戻ろう。とりあえず暫定的にガールね。不満があるなら落ち着いてから言ってよ」

「それ、なし崩しに定着してしまうやつでござるよね！」

「で、ガール。上に上るのはできる？」

「……ガール……うん。みんなを浮かせるぐらいならできる」

「じゃあ行こう」

夜霧たちは、ここまでの道を戻った。

すぐに、天上に穴が空いている地点まで戻ることができた。さほど移動してはいなかったのだ。

「じゃあお願い」

「えい！」

ガールが可愛らしい声で気合いを入れる。

すると、夜霧たち六名の身体がふわりと浮き上がった。

そして、そのままゆっくりと上昇していく。

「おお！　これはなかなか新鮮な感覚でござるな！」

「花川くん、空飛んでなかったっけ？」

この世界に来てすぐのことを知千佳は思い出したのだろう。花川は仲間と共に空を飛んで、夜霧たちの所へやってきたのだ。

「それはそれでござるな。あっちはびゅーんと吹っ飛んでる感じでしたが、こちらは浮遊感が楽しいでござるよ」

しばらく浮いていると、穴を通り過ぎて地上に辿り着いた。

あたりには宇宙船らしき物が墜落しまくっている。異常ではあるが、先ほどと変わらない光景が広がっていた。

「よかったぁ。地上に出てきたらまたわけのわかんない奴がやってきてたりするかと思ったよ」

知千佳が胸をなで下ろす。

「いや……わけわからん状況ですが!?　気持ちの悪い宇宙船？　が落ちまくってるってなんなんでござるか！」

「なんなのこれ!?」

花川とビビアンが驚愕の声をあげた。

「襲ってきたから殺した」

「宇宙船が死ぬって……あ、いえ、高遠殿はそーゆー人でござるよね……」

「とりあえず、遺跡の建物に行こうか。落ち着けるってほどでもないけど、地下の闇の中よりはましでしょ」

何かが消失したらしき跡を通って、遺跡群の入り口あたりまで戻る。

そして、夜霧たちは頑丈で安全そうな建物を選んで中に入った。

2話　期待してたのに裏切られた気分だよ、花川くん

家屋らしい建物に入った夜霧たちは、男女で別の部屋に分かれた。

地下遺跡で服が汚れたということで、着替えることになったのだ。

確かに埃《ほこり》などで薄汚れたままなのも気分が悪いので、夜霧も着替えることにした。

隣では花川も着替えている。服はアイテムボックスのスキルで出したようだ。ちなみに夜霧の服は見た目よりも物が入るリュックから出していた。

「花川。ピエロはやめたの？」

「なぜそんな不思議そうに訊くのでござる？」

花川はこの世界の服に着替えていた。取り立てて派手でもないそこらの街で見かけるような格好だ。

「あーゆーのが好きなのかなって思ってたから」

「好き好んであんな格好する奴がいるわけないでござるよ！　あれはヨシフミ殿に強制されていただけでござる！」

着替え終えた夜霧たちは、リビングらしき部屋に向かった。

中央に石造りのテーブルと椅子があるだけの部屋だ。それほど快適でもないが、床に座るよりは幾分かましだろう。

夜霧と花川が椅子に座って待っていると、女性陣がやってきた。知千佳は熱帯雨林向けの服からがらりと格好を変えていた。再び森の中を通るかもしれないとは考えていないようだ。

槐《えんじゅ》も着替えていたが、操っているもこもこが格好を気にしているとは思えなかったので、知千佳が無理矢理着替えさせたのかもしれない。

「妙にさっぱりした感じだね」

「ふふん！　シャワーシールドでお湯を出したのよ！」

ビビアンが自慢げに言った。

「なんでもありだな、ビビアンの盾」

それぞれが椅子に座り、話し合う態勢になった。

「でだ。俺たちは森から出て、ヨシフミの所に行って賢者の石を手に入れるつもりだったわけだけど、それは達成できちゃったわけなんだ」

「でも、森から出られないって状況には変わりがないんだよね」

元々は、森から出る方法を求めて遺跡群に来たのだった。そして、脱出方法がわからない件については何も解決していない。

「拙者は来たくもなかったのですが、ヨシフミ殿に連れられて無理矢理ここに来たのでござる。森から出られないとかは知らなかったですな」

「あ、そうそう。花川くんがいたら、森から出られる手段を知ってるとか、出られるって人を召喚できるんじゃないかって言ってたんだけど」

「それなんでござるけどね。途中で出会ったクリスって女に召喚能力は奪われてしまったのでござるよ。そのクリスは死んだのでござるが、能力が戻ってくるといったことはなかったでござる」

「じゃあ今の花川は何ができる？」

「元のまま、ヒーラーでしかないでござるね」

「使えない……」

「知千佳たん！　ぼそっと吐き捨てるように言わないでもらえないですかね！　拙者、これでも繊細なのでござるが！　ガラスハートが粉々に砕け散るでござるよ！」

「期待してたのに裏切られた気分だよ、花川くん」

「うう……拙者の知らないところで、勝手に期待されて、勝手に失望されているのでござる……」

「でも、回復魔法は使えるんだろ？　それはすごいんじゃないの？」

「レベル99ですからな！　即死でなければ大体は回復可能なんでござる！」

「この世界のそういったシステム？　よくわかってないんだけどさ。99が上限なんだっけ？」

「種族によって異なりますが人間は99が上限でござる。まあ、限界突破系スキルがあれば99を超えて成長できたりするのですが」

夜霧と知千佳にはバトルソングと呼ばれる、ゲームじみたシステムのクライアントアプリはインストールされていない。なので、花川のようにレベルがあったりスキルが使えたりはしなかった。

ゲーム好きな夜霧としては多少残念な気持ちだった。

「あ！　街で会った時、ビビアンはエルフの森に乗り込むとか言ってたよね？　ということは、脱出方法も知ってるんじゃないの？」

「えーと……導きの鈴っていう迷いの森を抜けられるアイテムがあるんだけど……たぶんなくなっちゃったわ。マーヌおばさんが持ってたんだけど、謎の光で……」

遺跡にやってきたビビアンたちは、建物が変化した巨人に襲われたとのことだ。

その攻撃をどうにか掻い潜《くぐ》り一番大きな建物を目指したが、到着直前で光線に焼き尽くされた。

盾の力でビビアンだけはかろうじて助かったが、同行していた者たちは跡形も残らなかったらしい。当然、持っていたアイテムも消失しただろうとのことだ。

「ということは、このメンバーは誰も脱出方法を知らないってわけだ」

もう一人、ガールがいるが、彼女はこの森の中で賢者の石から変化して現れた存在だ。素直に考えるならこの森のことなど何も知らないはずだ。

「となると、やっぱりさっきの地下遺跡に何かあるか探すとか？」

もともとは、森の中心部にある遺跡群に何か森を脱出する手がかりがあるかと思ってここにやってきたのだ。

地上にあった主な建物群は消滅してしまっているので、何か残っているとすれば地下のあの遺跡ぐらいのものだろう。

「いや。脱出についてはもう手段があるだろうが。ガールで空に浮けばいいのだ。あの宇宙船だかなんだかが空からやってきたように、上空は迷いの森の結界の対象外らしいからな」

それまで様子を見ていたもこもこが言った。

「そうだ。確かに空を飛べたらって話をしてた。ガール、俺たちをずっと上空まででも飛ばせる？」

「できるよ」

「じゃあ脱出方法はこれで解決か」

「いやいやいや！　空を飛べる女の子って何よ!?　みんな当たり前みたいにしてるけども！　それに賢者の石はどうなっちゃったわけ!?　これからも賢者の石を集めていいもんなの!?」

「あー、その問題があったか」

「ほぼその問題しかなくない？　脱出よりまずそっちじゃないの？」

「ということでガール。君は何者なんだ？」

「……ガールはいやだから、別のにして。落ち着いたでしょ」

また名前問題を蒸し返してきた。どうあってもガールは嫌らしく、この場で名前を付けなくてはならないらしい。

「自分でこれがいいってのはないの？」

「思いつかないからパパが決めて」

「それで決めたら決めたで文句言うじゃないか」

「それでもガールはないわぁ」

知千佳も不満なようだった。

「……石だったから、ストーン？」

「……さすがにそれはどうかと思うでござるよ、高遠殿……」

花川にまで駄目出しされてしまった。

「タカトーヨギリがここまで追い詰められているのは見物よね！　少し溜飲が下がった気分だわ！」

なぜかビビアンが喜んでいる。

「うーん。名前なぁ。ガールじゃだめなのか……」

「ガールからいっぺん離れようか」

「じゃあ反対から呼んでルーガ？　いや、ルーはどう？」

「……それでいいよ、もう……」

幼女が少しばかり悩んだ末にそう言った。気に入ったわけでもなさそうだが、妥協できる程度ではあったらしい。

「じゃあ、ルーな！　で、ルーは何者なんだ？」

「女神だよ。それぐらいしか覚えてないけど、もうちょっと大きくなったらもっと思い出せると思う」

「賢者の石がくっついて大きくなったよね。あれはどういうことなんだ？」

「あの石は私の一部。だからパパにはもっとあれを集めてほしいの」

「いや、ルーが大きくなって意味があるのか？　賢者の石はエネルギー源って聞いてたけど、ルーにくっついてもエネルギー源として使えるものなの？」

「なんでエネルギーがいるの？」

「俺たちは別の世界から来たんだけど、元の世界に戻るには膨大なエネルギーがいるって聞かされたんだよ」

　世界には概念的な上下関係があり、上から下へと力の流れがある。上の世界から下の世界へと移動する際には落ちるだけでいいが、上へ移動するにはその流れに逆らうだけのエネルギーが必要とのことだった。世界の階層構造の中だとこの世界は底のほうに位置しているらしい。なので夜霧たちの世界に戻るにはかなりのエネルギーが必要とのことだった。

「大丈夫だよ！　私が元の女神に戻れれば、世界の移動ぐらい簡単にやっちゃうよ！　だからもっと集めてよ！」

「大きくなったらなったで、力を取り戻したぞ、人間どもめ！　って襲ってくる可能性はないでござるかね？」

「そういえばそうか。ルーは賢者の石に分割して封印されてるってことなんだろ？　そうされるだけの理由があったわけだよな？」

ルーは少し気まずそうな顔をしていた。

今のところ、ルーを信用できる材料はほとんどない。彼女の言うことを鵜呑みにしていいのかはわからなかった。

「しらない！　私が封印されてる理由なんてわかるわけないよ！」

「まあ、それはいいか。とにかくここを脱出するにはルーの力がいるわけだし」

「脱出できたとして、どうする？　この島に来たのはヨシフミから賢者の石を得るためだったがそれは達成できている。次はどこへ行くのだ？」

もこもこが訊いてきた。

「そうだな。賢者の石集めを続行するとして、賢者がどこにいるかなんだけど」

「そこはあれでござるね。こーゆーのはですね。本体が一部と引かれあったりするのが定番というものでござるよ！　ですのでルーたんには賢者の石のありかがさくっとわかったりするのでござるよ！」

「全然わかんない」

ルーは即答した。

「いや、でも赤ん坊の時は、賢者の石のほうに向かってただろ？」

夜霧たちが地下へ向かったのは、赤ん坊だったルーの案内によるものだった。

「近かったらわかるけど、離れるとわかんないよ」

「でも近づけばわかるなら、少しは手がかりになるよね」

知千佳が言うように、なんの役にも立たないわけではないだろう。少なくとも近くにあるのに見過ごすことはなくなるはずだ。

「とにかくこの島を出る必要はあるな。この島にいる賢者はヨシフミだけのはずだ」

「となると……帝都のほうかな。そっちには港があって島を出入りできるって聞いたけど」

この島は東西に伸びていて、東と西の地域に分かれていた。帝都があるのは東側でそちらには港がある。

夜霧たちは本来なら、船でそこに到着するはずだったのだ。

ちなみに西側には船がまったく存在しておらず、そちらからの島外への脱出は不可能とのことだった。

「この森を出て帝都に行って、次の目的地の情報を集めるってとこか」

ここで考えていても、これ以上は案が出てきそうになかった。

「俺たちは帝都に行くけど、ビビアンはどうする？」

「私が帝都に行ったところでさほどの意味はなさそうだけど、ここに置いていかれるのは非常に困るのだけど！」

「……盾でどうにでもなるんじゃないのか？　空を飛ぶ盾とかでさ」

「あ！」

その発想はなかったようだった。

3話　世界剣オメガブレイドは、この世界においてはほぼ全能に近い能力を持っています

エルフの森の中にある洞窟。

三田寺重人《みたでらしげと》は、剣を手にしていた。

なんの飾りもない、シンプルな剣だ。全長は一メートルほどなので片手で扱うものだろう。

これが世界剣オメガブレイドらしい。

本来なら、重人はこれを手にすることはできないはずだった。

重人は、クリスという謎の女剣士に支配され、世界剣の完成を見守る役を任じられていたにすぎなかったのだ。

＊＊＊＊＊

重人は異世界に転移してきてすぐに、クラスメイトたちから離れた。

自らに発現した能力、預言者《オラクルマスター》によって、この世界の攻略情報を知ったからだ。

王都に向かうルートは難易度が高く、クラスメイトたちは全滅する。

そう知ったため、重人は九嶋玲《くしまれい》と丸藤彰伸《まるふじあきのぶ》と共に別行動をとることにした。

だが、その行動をとった時点で、重人は玲に操られていたのだろう。

攻略情報がわかったのならクラスメイトと共有して全員でクリアできる方法を模索してもよかったのだし、集団行動ではクリアできる可能性が低くなるのなら一人で行動してもよかった。

玲と彰伸でなければならない理由は特になかったのだ。なのに、その二人と一緒に賢者を倒すなどという計画へ突き進んだ。

今となっては重人も無謀なことをしたとわかっているが、その時はそれが最善の方法だと思い込んでいたのだ。

重人たちは、賢者を倒すために世界剣オメガブレイドを求めた。そのために各地を巡り、オメガブレイドの入手と、再生に必要なアイテムを集めたのだ。

そして、オメガブレイドがあるエント帝国へとやってきて、賢者ヨシフミにいいようにやられてしまった。

彰伸を殺され、玲を奪われ、もう終わりかと思ったが、なぜかヨシフミと共にエルフの森に行くことになった。

ヨシフミもオメガブレイドに興味を持ったのだ。

そして、エルフの森の地下遺跡でオメガブレイドを入手した。ヨシフミを出し抜いて持ち去ることに成功したのだ。

途中おかしな少年に出会いなどもしたが、遺跡を脱出し森の中の洞窟に隠れることに成功。

オメガブレイドを再生するための繭《まゆ》を作成し、後は待つだけとなったところで、玲は殺され、重人は手傷を負わされた。

突然やってきたクリスという女剣士にやられたのだ。

クリスはスキルを奪う能力を持っていたため、重人は預言者《オラクルマスター》の力を奪われ、玲が持っていた運命の女《ファムファタル》によって支配されることになった。

クリスは自らを強くすることに熱心で、武装であるオメガブレイドにはそれほど興味はなかったようだ。

しかし、誰かが手に入れるのはまずいとは思ったのだろう。重人にオメガブレイドを守らせることにしたのだ。

完成したなら、それはクリスに献上することになる。

重人はクリスに支配されているので、たとえ世界剣を手にしたとしても裏切らないと思われていたのだ。

だが、クリスからの支配は突然途切れた。

そして、世界剣が完成し、どうしたものかと思っていたところでナビーが現れたのだ。

＊＊＊＊＊

「さて。世界剣についての説明をいたしましょう！」

勝ち誇るように、ナビーは語りだした。

「世界剣オメガブレイドは、この世界においてはほぼ全能に近い能力を持っています」

「全能……ってのは、なんでもできるってことなのか？」

「そうなのですが、できないこともたくさんあります」

「全能なのに？」

全能とは大きく出たものだが、いきなり怪しい話になってきた。

「ほぼ全能です。そもそも真の意味での全能ってありえないですよね。ちょっと考えただけでも矛盾することがわかりますし」

「そりゃわかるけどよ」

「ですが、実用上はほとんど問題ない全能っぽいものです。だいたいのことはできますので、できないことを中心にお話しさせていただきます。まず、世界剣は触れていなければ使用できません。触れてさえいれば誰にでも使用できますので、絶対に奪われてはなりません」

「そりゃそうだな」

「ですが、これには簡単な対処方法があります。剣を身体に取り込んで、一体化してしまえばいいのです」

「そんなことできんのかよ？」

「もちろんです。世界剣の力ならその程度のことは造作もありません」

「まあ、まずはそれをやっとくべきだよな。せっかく手に入れたものを奪われて、いいようにされちまうなんて馬鹿みてぇだ。で、どうすりゃいいんだよ？」

「そうしたいと思うだけで結構です」

「思う……」

剣を身体に取り込む。具体的なイメージは湧かないが、とにかく取り込むのだと考える。

すると、右手に持っていた剣がするりと手の中に吸い込まれていった。

「うわ……きもちわる……」

剣が取り込まれて消えた。傍目にはそれだけに見えるだろう。

だが、重人は右腕に重なるように存在する剣を感じ取っていた。

「その状態でも問題なく世界剣の力を使うことができます。ですので、今後わざわざ剣を顕現させる必要はないでしょう」

「俺の身体に触ったら剣に触れたことになったりは？」

「重人様がそう設定しない限りはそのようなことにはなりません。では世界剣の限界について引き続き説明いたします。世界剣の力が及ぶのはこの世界内のみです」

世界とは、天盤内のことをさす。世界は天盤という境界によって、いくつもの世界を内包する〝海〟と隔たれているのだ。

「次に、直接力を及ぼせるのは、重人様が認識できる範囲内に限られます。たとえばここから見知らぬ遠くの地に直接影響を与えることはできないのです」

「まわりくどい言い方だが、間接的にならできるってことなんだよな？」

「はい。作り出した物を遠くへ飛ばすですとか、その物が遠くの地で与えられた力を行使するのは可能です」

「まあ、全然関係ない遠くで何かできるって言われてもピンとこないしな」

「それと。認識できる範囲内であれば、世界剣は所持者の思いをくみ取り勝手に動作いたします。先ほど鞘が欲しいと思えば鞘がでてきたように、説明が欲しいと思えば私が出てきたように。つまり善きに計らってくれるわけなのですが、時として思わぬ結果を招くことがあります。明確に使用を望んだ場合にのみ、作動するようにしておいたほうが無難ではありますね」

「確かに勝手に動かれちゃ困る時もあるか。どうすりゃいいんだ？」

「単純なところではキーワードを設定しておくなどでしょうか。それもそのようにしたいと思えばいいだけです」

なので、勝手に動作するな。オメガブレイドに対して命令した場合のみ動作せよ。ただし、所持者に危険が及んだ場合は自動的に対応せよ。と条件を思い浮かべて、それを設定するようにと念じる。

「では続きです。世界剣が実現できるのは、重人様が認識できる、想像の及ぶ範囲となります。重人様が知らない物や概念を作り出したり、影響を与えたりはできません」

「ふむ……まあそのあたりはやってるうちにわかるか」

わかっていると自分で思っていてもまったくわかっていないなどもあるだろう。それは実践してみるしかなさそうだ。

「世界剣の限界についても説明いたします。世界剣はこの世界に存在するエネルギーを使用して動作します。ですので、無限に関することは実現できません。この世界に存在するエネルギーを使ってできることが、できることの限界となります」

「つまり使えば使うだけ、この世界からエネルギーが減っていくってことか」

「はい。ですが通常の使用でしたらエネルギーの枯渇について心配する必要はないでしょう。大雑把な説明はこのようなものです。ご質問はありますか？」

「なんでもできる……には死んだ人間を生き返らせるってのも含まれるのか？」

重人は洞窟の外に目をやった。そこには、先ほど作った玲の墓がある。

「可能ですが、玲さんを生き返らせる場合は限定的なものになります。損傷した肉体を再生することは可能ですが、精神に関してはその限りではありません」

「どういうことだよ。脳を元通りにすれば治りそうなもんだが」

「肉体を再生する場合、素粒子単位でまったく元通りとはさすがにできません。いえ。重人様が、元の状態の全てを把握しているということでしたら可能なのですが、しておられませんよね？」

「してるわけねーよな」

「ですので肉体を再生しようとした場合、機能的にはだいたい同じといった精度での再生となります。そして脳に関してはその程度の精度で修復しても元通りとはいかないのです」

「なるほど……そういや、玲の場合は限定的だと言ったな？」

「はい。これが、この世界の住人の場合でしたら話は異なります。ほぼ完全に再生することが可能です」

「異世界人と原住民で何がちがうんだ？」

「原住民の場合ですと、生まれてからこれまでの記録がこの世界に残っているのです。ですので大雑把に肉体を再生して、人生を追体験させることで、だいたいは元の状態にすることが可能です。ですが、異世界人の場合は記録がありません」

「異世界人は生き返れないか……。まあ当たり前といえば当たり前なんだが」

「一般的な蘇生法で蘇る範囲内でしたら、異世界人であっても可能でしょう。心臓が止まって数分以内などですね」

「玲の場合は、もう数時間は経ってるからってことか」

「重人様の都合のいいように動くだけの人形として生き返らせることならできますよ。その場合、重人様が玲さんならこのような言動をとるだろうと思われたように動くことになります」

「それは……やっぱなんか違う気がするからやめとくわ」

「そうですか。それはそうと重人様のバックアップをとっておくことをおすすめしておきます。現時点の重人様の情報をこの世界に保存しておけば、万が一の場合に完全な再生が可能となります」

「でも、俺はほぼ全能なんだろ？　万が一なんてあるのか？」

「ありますね。世界剣は全能に近い力を持っていますが、その行使は重人様の意思によるものです。つまり、重人様の認識外からの攻撃。不意打ち、闇討ちに弱いのです」

「なるほど。じゃあバックアップはとっておくとして、ナビーは周囲をよく見て俺を守ってくれ」

「私が、ですか？　私はただの預言書の化身なのですが」

意外だったのか、ナビーはきょとんとしていた。

「探知能力と戦闘能力を上げればどうにかなるだろ」

世界剣が全能だというならそれぐらいはできるだろう。

重人は、ナビーに最強の戦闘能力を与えることにした。最強と言っても曖昧なものだが、そのあたりは適当だ。

探知能力は範囲が広すぎても問題があるかもしれないが能力の有効範囲は調節できるようにして、運用はナビーに任せることにする。

「なんでもできるか。じゃあ、旨い飯を出せ」

重人は、しばらく食事をしていないことを思い出した。

世界剣に命じると、洞窟の床の上に皿に盛られたカレーライスが出現した。

「って、旨い飯がカレーライスってどういうことなんだよ。もっと旨そうなもんは他にあるだろ」

「それが重人様の想像力の限界ということですね。食べたことのない美味しい物を創り出すことはできないんです」

「思ったより使い勝手が悪いな」

「そうでしょうか。他の力を使って実際に存在する美味しい物を食べに行けばよいだけかと」

「とにかくこれを食ってみるか。スプーンを出せ。って洞窟の床に座って食うのも味気ないな」

テーブルと二脚の椅子。

テーブルの上に、カレーライス、水の入ったコップ、スプーンを二つずつ。

心の中でそれらの実体化を命じる。

世界剣は、あっさりとそれらを出現させた。

「あの。私は食事をする必要はありませんが」

「いいから食えよ。一人だけ食ってんのもさみしいだろうが」

「そういうことでしたら」

ナビーが着席し、重人もテーブルについた。

カレーライスを口にする。

家の食卓でよく食べた、懐かしい味だった。

「で、俺はこれからどうすればいいんだ？」

食事を終えて一息ついたところで、重人は言った。

「なんでもできるわけですから、好きなようにされればいいかと」

「そうだな。これまで散々な目に遭ってきたが、もう俺に危害を加えることができる奴はいないだろう。快適に暮らしたいだけならここから動く必要もない」

「そうですね。必要なものは全て作りだすことができます。もっとも、今の重人様が知らないものは作れませんので、情報収集は必要かと思いますが。それも手下を作り出して放てば済むことではありますけどね」

「なんでもできる、か。俺は何をしたかったんだろうな……元の世界に戻ると、この力はなくなるんだよな」

「はい。世界剣はこの世界の外では使えませんし、この世界で得たギフトも使用できなくなります」

元の世界に戻り、何事もなく普通の高校生として暮らしていく。

それが当たり前のはずなのに、妙に現実感がなかった。

では、この世界で何かしたいのかと考えても、特に思い浮かばない。

「だったら、最初の計画のまま続行してもいいのか」

ただ平穏に暮らすだけなら世界剣があればどうとでもなるだろう。

賢者たちは力を持つ者を探し当ててやってくるらしいが、世界剣が全能だというなら力を持っていることも隠し通せるはずだ。

だが、こそこそと逃げ隠れするのもおかしいのではないかとも思えてくる。

重人がこんな所にまでやってきて惨めな思いをしていたのも、大本を辿れば賢者たちのせいなのだ。

ならば、平穏に暮らすにしても、その前に賢者たちに目に物見せてやってもいいのではないか。

「そもそも世界剣が欲しかったのは賢者たちに対抗するためだ。だったらやってやろうじゃないか」

重人は、この世界の支配者面をしている奴らに一泡吹かせてやることにした。

4話　やれやれ系主人公ならここは、やれやれって言いながら出陣するところでござるよ!?

とりあえずの方針を決めた夜霧たちは、石造りの建物を出た。

「またいきなりなんか来た！　とかはなさそうだね！」

疑心暗鬼になっているのか、知千佳がきょろきょろとあたりを見回している。

相変わらず宇宙船らしき物体はそこらに散乱しているが、特に変化はないようだ。

「さてと。ワープシールド！」

ビビアンが出現させた盾を放り投げる。

盾は空中に留まり、楕円形の巨大な鏡へと変化した。

「ほんとになんでもありだな、その盾」

「空を飛ぶよりこっちのほうが楽かと思ってね！」

鏡に夜霧たちの姿は映っておらず、寂れた村の光景が見えていた。どうやらビビアンが住んでいた村に繋がる通路ができたようだ。

「でも、前に行った所にしか行けないみたい。だから悪いけど、森の東側にあなたたちを連れてってあげるってわけにはいかないわ」

「それはどうにかするよ。空を飛べたらどうにでもなりそうだし」

「しかし、そのなんでもありの盾があれば、王国再建ぐらいは楽勝だろう」

もこもこが感心している。

夜霧も同感だった。ここまでなんでもできるなら、たいていのことは簡単に実現できそうだ。

「うん。もうちょっと考えてやってみる。あんたとはいろいろとあったけど、結果的にヨシフミは倒せたしもうこれでいいわ！　王国を再建できたらまた遊びにきてもいいわよ！　お茶ぐらい出してあげるから！」

「いや、俺ら他の賢者を探しにいくから、ここに戻ってくることはないと思うけど」

もうこの東の島国に用はないはずだと夜霧は思っていた。

「高遠くん……そこは嘘でも、再会を約束する感じで……」

「そう？　まあ、何かの機会に戻ってくることがないともいえないか。じゃあ万が一そういうことがあったら会うこともあるかも」

「タカトーヨギリ！　あんたは最後までそんな感じか！」

「じゃあ気をつけて帰って」

「じゃあね！」

ビビアンが鏡の盾に触れる。表面が波打ち、ビビアンは抵抗なく鏡に吸い込まれていく。

ビビアンの全身が鏡の中へ消えると、盾は小さくなり音もなく消え去った。

「行ったことがある所に行ける、ということでござるなら、ビビアン殿を連れて東側に一度行っておいたほうがビビアン殿にとってもよかったのではないですかね？　帰るのはどこからでも一瞬で済むわけでござるから」

花川が、今さらそんなことを言った。

「それ、もうちょっと早く気付きなよ……」

「まあ、どうにでもなるだろ。あの盾があれば」

空も飛べるのだろうし、東に行くぐらいは簡単にできそうだ。

「さて。じゃあ次は俺たちだ。ルー。全員を連れて空を飛べる？」

ルーがこの場にいる者を確認する。

夜霧、知千佳、もこもこが入った槐、花川。それにルー本人を加えて五人が浮遊の対象だ。

「うん。これぐらいなら大丈夫」

「ふっ！　もしや、拙者重いから置いていくなどと言われるのかとちょっとだけ！　ちょっとだけ心配しておったのですが、どうやら大丈夫そうですな！」

わざわざ置いていくつもりはなかったが、花川は余計な心配をしていたようだ。

「海を越えて隣の大陸まで飛んでいくのは？」

「あんまり遠くまでは無理かも」

この島の周辺の地理については、ビビアンのわかる範囲で教えてもらっていた。

島の東側に巨大な大陸があるとのことで、ここから一番近い他国はそちらにあるとのことだ。

「その辺は試しながらやってみるか。じゃあ、やってくれよ」

「うん。みんな私の近くにきて」

夜霧たちはルーを中心に固まった。

「じゃあいくね！」

ルーが気合いを入れると、夜霧たちはふわりと浮き上がった。

そのままゆっくり上昇していくと、どこまでも広がる森が見えてくる。

「ふむ。触丸《ふれまる》を失ってどうしたものかと思っていたが、ルーの能力は十分に代替となるな！」

ルーの力は念動力の類だろう。

単純な能力だが、応用力があり使い勝手は実によかった。

「多少昇ったぐらいでは迷いの森は健在か。じゃあこのまま昇っていって」

夜霧はルーに指示を出した。

周りに落ちている宇宙船らしき物体は森の外からやってきたし、鳳春人《おおとりはると》も空からやってきたと言っていた。

つまり、上空からなら迷いの森に出入りできるはずだった。

「あのですね。これ、上から出られるか確認してから、ビビアン殿に行ってもらったほうがよかったのではないでござるかね？」

「あー、確かにな。花川は案外気が回るな」

出られないならビビアンに西の村まで連れていってもらえばいい。

そして、空を飛んで森を迂回すれば東側へ行くのも簡単だと思われた。

「高遠殿……やはり即死の力頼りのごり押しでこの世界を生き抜いてきたのでござるね……」

「そう言われると、反論できないね！」

森の中には六角形の頂点に配置された巨大な樹がある。

その樹頭を越えてさらに浮かんでいくと、夜霧は空気が変わったのを感じ取った。

「出られた？」

「みたいだ」

上昇が止まり、夜霧たちは空中で停止した。

迷いの森から逃れてみれば、森を一望することができる。確かに広くはあるが、見渡す限り延々と続くというほどでもない。

どちらが東なのかとあたりを見回すと、巨大な都市が目に入った。

かなりの上空にいるので位置関係はよくわからないが、それなりに森からは離れているようだ。

城壁で囲まれ、無数の建物を内包するそれが帝都なのは、まず間違いないだろう。

そして、その帝都らしきものは崩壊寸前だった。

「ん？」

「むっちゃなんかに襲われてるんだけど！」

それは一目でわかるほどに巨大で、一見してすぐにはよくわからないものだった。

巨大なものが、巨大な何かを振り回している。一つだけではなく、いくつもの何かが都市に叩き付けられているのだ。

それは明確な意図を持って都市を攻撃しているようで、城壁が吹き飛び、建物がなぎ倒されていた。

「ヒドラ……でござるかね？　多頭系のモンスターといいますか。八岐大蛇《やまたのおろち》的な」

花川に言われてみれば、夜霧にもそのように見えてきた。

都市に叩き付けられているのは頭なのだ。

巨大な胴体から複数の長い首が生えていて、その先には頭部らしきものがあった。

だが、胴体から生えているのは頭部だけではなく、尻尾もあれば、翼もあり、人の手のようなものもあれば、触手状のものも生えている。

まとめてしまえば、けっきょくはなんだかよくわからない巨大生物としか言えなかった。

攻撃は叩き付けだけではなかった。

口から炎を吐き出す獅子の頭部もあれば、稲光を放つ山羊の頭部もある。棘《とげ》の生えた尻尾らしきものは、その棘を射出して都市に浴びせかけていた。

ただ、帝都側もやられっぱなしというわけではない。

魔法による投射攻撃などで反撃はしているようだ。だがその攻撃は、巨大生物のあまりの大きさの前には儚《はかな》げなものだった。

その攻撃は痛痒すら与えていないのだろう。巨大生物は攻撃を気にするそぶりすら見せていなかった。

巨大生物はただ攻撃を繰り返すのみだ。

目的が都市を壊すことなのか、そこにいる人々を滅ぼすことなのかはわからないが、通りすがりに攻撃しているわけではなさそうで一カ所から動いてはいなかった。

このままでは、都市が壊滅するのは時間の問題だろう。

「頭部は蛇だけではなく、いくつもの動物のものが生えておるしキメラ的でもあるな……ちなみに八岐大蛇で股が八つなら頭は九つだろう、などと思ってはいかんのだな。ここで言うマタは根元の数ではなく、分かれた先のことと考えればいい。だがそもそもなぜ八つなのかという話でもあるのだ。伝承では八つの頭に、八つの尾があると言われておるのだが、そもそも八はその昔はたくさんといった意味で使われていたのであり、実際に八つだったかはさだかではないというわけだ」

「その豆知識今はどうでもよくない!?」

「し、しかしまあ！　こっちには敵対する者は皆殺しマン、エターナルフォースブリザード使いの高遠殿がおるのでござるからして！　何が現れようと大丈夫なのでござるよ！　さあ！　その無慈悲な力を今こそ炸裂させるのでござる！」

「こっちが攻撃されてるわけでもないし、殺す必要はないんじゃないか？」

「なんですと!?　いや、ですがあれって、たくさんの人が死んでるでござるよね!?　あれだけの大都市、数十万とか百万とかいう人がいそうですが、それが全滅するかもしれないというのに！」

「だとしてもそれはこの世界の事情だろうし、別の世界からやってきて遠くから見てるだけの俺が手出しすることでもないような」

「まあ、それもそうなのかな」

知千佳も驚きはしたようだが、対処すべきとは思っていないようだ。

もしかすれば、夜霧のこれまでの行動がまわりまわってこの惨事に繋がっているのかもしれないが、そんなことを気にしていては何もできなくなる。

「いやいやいや！　なに知千佳たんも納得してるんでござるか！　あれを見過ごせるというのでござるか？」

「そうは言うけどさ。襲ってる側に正当な理由があるかもしれないだろ？」

「槐殿はどうなのですか！　あそこが目的地でござるよね！」

「帝都が目的地ではあったがそれは情報収集のためであり、あの状況の街に関わってまですることでもなかろうな。賢者の情報ならほかでも得られるであろうし」

もこもこは冷静だった。

「なんで拙者が常識人みたいな立ち位置になってるのでござるか!?　そーゆーのはヒロイン的立ち位置の知千佳たんの役目でしょうが！」

「花川がどうにかしたいのなら、花川だけ帝都で下ろしてもいいけど。ルー、できるか？」

「うん。一人だけあっちに投げればいいんでしょ？」

今は全員で塊として浮いているが、一人だけ余所《よそ》に放り出すこともできるようだった。

「あいつをどうにかするどころではなくて、拙者が死んでしまうのですが!?」

「だったら人任せにするようなこと言うなよ」

「ですが、あれだけのことが起こっているというのに無視すると言うのでござるか!?」

「目の前で大事件が起きたからって、それが全部自分に関係があると思うのはおこがましくない？」

「いやいやいや！　やれやれ系主人公ならここは、やれやれって言いながら出陣するところでござるよ!?」

「やれやれってのは、うんざりしてるってことなんだろ？　だったらなんでそう言いながらやるんだよ？」

「え？　いや、そう言われると、なんででござるかね？　ツンデレの一種？」

「ルー。このまま隣の大陸まで飛んで行けそう？」

森から見て帝都がある側が東側で、そこからさらに東に海が見える。その海の向こうに近隣の大陸があるらしい。

だが、ここからは大陸など影も形も見えない。近隣とは言いながらもそれなりに遠いのだろう。

「休憩なしだと無理かも。途中に島とかあればいいけど」

「そうなると、無計画に飛んでいくのはさすがにまずいか。じゃあ港町に行こう。あれかな？」

巨大生物に襲撃されている帝都の向こう側、海のそばに街らしきものが見えていた。帝都ほどではないが立派な街のようで、そちらは無事な様子だ。

「どうする？　真っ直ぐ行く？」

このまま港へ向かえば帝都の直上を通ってしまう。ルーは、そのルートでいいのか気になったらしい。

「どうだろな。かなりの高度だし、あの化物に気付かれることはないと思うんだけど」

「いやぁどうでござるかね？　危険を避けるのならば念のために遠回りしたほうがいいのでは？　空を飛んでいくのですから、多少遠回りしたところでたいして時間は変わらないかと思うのでござるが」

「それもそうか。じゃあルー。目の前の街は迂回して、港町に向かってよ」

「わかった！」

浮いたまま停止していた夜霧たちが動きだした。

今の位置からは右斜め前へと進んでいく。

そして、空がやけに明るいと気付いた夜霧は空を見上げた。

雲を切り裂き、輝きをまとった何かが降りてきていた。

それは鎧を纏い、武器を手にした、翼を持つ人の群れだ。

「そういや、こんな奴らいたよな……」

それは賢者たちが用いる上空警戒防衛装置であり、夜霧はこの島への道中で一度遭遇していた。

賢者たちは、空を行く者を許さないのだ。

「また天使!?　懲りないな！」

だが、それらは一度夜霧が落としている。何度やってきたところで同じだった。

大陸までの道中でも襲ってくるというのなら、片っ端から始末していくしかないだろう。

今までに何人もの賢者を殺しているので、賢者とは敵対状態だ。今さら逃げ隠れしても意味がない。

それでも、先制攻撃までするつもりのない夜霧は、天使の動向を見定めようとした。

殺意は感じ取れなかった。

それらは、夜霧たちのことなど眼中にないようなのだ。

天使は空から降りてきているが、その行く先は帝都だった。

天使は手に持った槍を、巨大生物へと投げつけはじめた。

どうやら、天使たちは帝都を守るためにやってきたようだった。

5話　エウフェミアさん、私に対する態度がいい加減になってきてますよね……

少し前まで闘神都市《とうじんとし》と呼ばれていた街。

そこから一週間ほどの旅を経て、リズリーたちは森の中にやってきていた。

「思ったより遠かったんですけど！　こんなことで追いつけるんですか!?」

リズリーは高遠夜霧を敬愛していて、会うために旅をしていた。

一度は会うことができたのだが、夜霧たちはすぐにリズリーたちを置いてどこかに行ってしまったのだ。

「港からエント帝国までは、天候などの事情にもよりますが一週間ほどかかると聞いています。ですので、うまくいけばその差はほとんどなくなるはずです」

エント帝国行の船は頻繁に出航していなかった。夜霧たちが計画的に船での移動を選んだのなら、港に行っても追いつくことはできない。

そこでエウフェミアが、レインが各地に用意していた転移装置を使うことを提案してきたのだ。

「うう……うまくいかなかったらとんでもなく時間をロスしたことに……」

夜霧たちがエント帝国に着いて数日の間に追いつけるのなら問題はない。

だが、あまりに時間をおけば夜霧たちはまた別の地に旅立ってしまうはずだ。

そうなれば、追いつくのはさらに困難になることだろう。

それだけは避けたいとリズリーは思っていた。

「ようやく到着しました」

リズリーの手を引いて歩いていたエウフェミアが立ち止まった。

「そう言われても」

木々がなくなり、広場になっていた。

そこに何かがあることはわかるのだが、微《かす》かな星明かりしかないためはっきりとはわからなかった。

「こんな辺鄙《へんぴ》な所にあるにしては大きい家だね」

「キャロルさんは見えてるんですか？」

「うん。ニンジャのクラス特性で夜目が利くんだよ」

キャロル・S・レーンが答えた。

ここまでの道中、リズリーはエウフェミアにしがみつくようにしてやってきていた。夜の森の中などろくに見えてはいなかったからなのだが、キャロルは何不自由なく歩いていたのだ。

「サムライに関係あるとも思えませんけど、なぜかサムライも夜目が利くんですよね」

二宮《にのみや》諒子《りようこ》も見えていたようだ。

「私も見えています。吸血鬼だからでしょうか」

半魔で、吸血鬼で、オリジンブラッドでもあるエウフェミアまでそんなことを言いだした。

「見えてないの私だけ！　といいますか、私っていったい何ができるんですか!?」

リズリーはレインから作られた分体らしい。

らしいというのは、リズリーは何も覚えていないからだ。

目覚めるとレインという女の映像が現れて、お前は私だなどと言いだした。

なんでも、高遠夜霧の即死能力の対象外となるようにリズリーを設定したらしい。

なので、リズリーにはレインとしての記憶も能力も受け継がれてはいなかった。

「リズリー様はそれでいいのです。面倒なことは全て私が対応いたしますので」

エウフェミアは、リズリーが旅立とうとしていたところに突然やってきた半魔の女だ。

レインに吸血され眷属となっていたが、レインが死んだことで眷属の間でオリジンブラッドの継承者を決める戦いが勃発。

エウフェミアはそれに否応もなく巻き込まれ、そして勝利してしまったのだ。

よって、レインの吸血鬼としての能力は全てエウフェミアに受け継がれたことになる。

オリジンブラッドとなりはしたが、レインを敬愛する気持ちは残っており、エウフェミアはレインの分体であるリズリーに対しても同様の感情を持っていた。

「で、ここがレインが使ってた屋敷なんですか？」

「そうですね。様々な地に用意してあります」

レインの屋敷には、屋敷間をつなぐ転移装置がある。

それを使用して夜霧たちのもとへ向かうために、リズリーたちはここへとやってきたのだ。

ちなみに、リズリーが目覚めた屋敷は最も秘匿性の高い隠れ家だったので、転移装置は置かれていなかった。

リズリーはエウフェミアと手を繋いだまま屋敷へと向かう。

だが、少し歩いたところで、エウフェミアは立ち止まった。

「どうしたの？」

「屋敷には使用人がいるはずですので、真っ暗なのはおかしいかと思いまして」

「見つからないように灯りを使ってないとか？」

「いいえ。屋敷の周囲は結界に覆われています。結界内の事象は外部から観測することはできないので、照明程度の心配は必要ないのですが」

「夜だから寝てるんじゃないですか？」

「いいえ。そもそも彼らは寝ることを許されてはいません。彼らの役割は屋敷を維持し、レイン様がいつこられてももてなせるようにすることですから」

「え？　それ、ひどくないですか？」

レインがどんな人物だったのかをリズリーは知らない。

だが、いつ主人がやってくるかもわからないような屋敷で、寝ることも許さずに待機させておくような無神経な性格であることはわかってきた。

「どうせ眷属でしょうから、気にする必要はないかと思いますが。レイン様のための屋敷ですから、全てがレイン様のために存在するのは当然のことかと」

「気にするよ！　なんなの、レインって！」

「私もレイン様がどのような方かはいまいちわかっていませんね。ご一緒させていただいたのはわずかな間だけでしたし」

「うーん。眷属だったら夜目が利くから照明はつけてないとかは？」

「夜目は利きますが、闇が好きということは特にないですね。夜になれば灯りはつけるはずです」

エウフェミアの言葉が少し曖昧なのは、彼女が吸血鬼になったのはここ最近のことだからだ。

レインの知識を受け継いではいるが、実感はともなっていないらしい。

「んー。確かに中に気配はないねー。中で動いているものも、生きているものもいない。まあ、吸血鬼はアンデッドに分類されそうだし、死者扱いってことだとさすがにわかんないんだけど」

キャロルはニンジャのスキルで一定範囲の生命と動体を探知できるとのことだった。

なので、生きて動いているものはいないが、死んでいて動けるものが潜んでいる可能性はあるらしい。

「やはりおかしいですね。リズリー様はレイン様に準じる存在です。ここまで近づけば気付いて、出迎えにやってくるはずですが」

リズリーはエウフェミアと出会った時のことを思い出した。

目覚めて旅立つ準備をしていたところにやってきて、いきなり跪《ひざまず》いたのだ。

オリジンブラッドとなってもリズリーをないがしろにはできないようなので、ただの眷属程度がリズリーを無視することはできないと言われれば納得できた。

「とにかく慎重にいきましょうか」

諒子がまとめた。

屋敷の状況が不可解なのだから、警戒する必要はあるだろう。

エウフェミアが再び歩きはじめ、リズリーもついていった。

両開きの扉の前で立ち止まる。

ややあって、エウフェミアは扉を押し開いた。

吸血鬼には超感覚があるというし、オリジンブラッドともなればその力はただの吸血鬼を凌駕するものだろう。少なくとも、エウフェミアは扉周辺に問題はないと判断したのだ。

中は暗く、リズリーにはほとんど何も見えなかった。

「夜目が利くとはいえ、さすがにこれは見づらいですね」

そう言うと、エウフェミアは掌から生み出した光の球を頭上に浮かべた。

「え？　そんなことできるんですか？」

「吸血鬼でなくともこの程度はできるかと」

「だったら、最初からそうして――ぎゃぁあああ！」

光球が照らし出すエントランスは赤く染まっていた。

そして、その原因となったであろう物もそこに散らばっている。

人体の一部だ。

手足が、頭が、いくつにも分かれた胴体が、ぶちまけられた内臓が、廊下に転がっているのだ。

「な、ななな、どうなってるんですか、これ！」

「うーん。フレッシュって感じじゃないね。こうなってからそれなりに経ってる？」

慌てるリズリーに対して、キャロルは冷静だった。

「一人ではないですね。複数の人体があるようです」

諒子もそれほど驚いている様子はなかった。

「なるほど。ここでも後継者争いが巻き起こったようですね」

「どういうこと？」

「レイン様が死んだことで、眷属たちは直接的な支配から解き放たれることになりました。そして、次のオリジンブラッドをめぐっての争いが起こったのです」

レインから直接口づけを受けた者の中の一人がオリジンブラッドとなる。

ただし、それは生き残った最後の一人がなるのであり、次のオリジンブラッドが出現する際にレインの直属の部下は全滅するのだ。

「あ、そういえば、私が目覚めた屋敷にも誰もいなかったですけど、そういうことなの？」

「はい。あの屋敷の場合はその場で戦いが起こったという雰囲気ではありませんでしたが」

「じゃあ、ちょっとやな感じですけど、特に危険はない？」

「そのはずです。生き残ったのは私だけですので」

「転移装置ってやつ、無事なんでしょうか？」

「どうでしょう。使用できるのはレイン様だけですので、わざわざそちらに行ったり、そこで戦ったりはしなかったと思いたいですが……」

死体にばかり気をとられていたが、エントランスもかなり損傷を受けていた。ここで激しい戦いが繰り広げられたのだろう。

顔をしかめていると、リズリーの身体がふわりと浮き上がり、エウフェミアに抱きかかえられた。

死骸や血の痕をふませないための配慮だろう。

エントランスをまっすぐ進んでいくと、二階へと続く大階段があった。

だが、エウフェミアは大階段は上らずに、その側面へと回った。

エウフェミアが階段に触れると、小さな音を立てて壁面がスライドした。そこに隠し扉があったのだ。

中には、下へ向かう階段があった。それが転移装置のある地下へと続く隠し階段のようだ。

「オー！　ニンジャ屋敷！」

キャロルが興奮していた。

「見たところ、侵入者はいないようですね」

大階段も破壊されてはいたが、隠し部屋の中にまで影響はないようだ。

階段を下りていくと、小さな部屋に出た。

「実にわかりやすい魔法陣だね」

キャロルが見ているのは、地下室の床だった。

そこには、白線で大きな円が描かれていて、内側には文字と幾何学的な図形が配置されていた。

それがキャロルの言う魔法陣なのだろう。

「はい。その中にいる者を転移する装置です。……特に異常はないようですね」

部屋を見回してエウフェミアが言う。

その地下室で目に付くのは魔法陣ぐらいのもので、装置らしきものは見当たらなかった。なので
リズリーにはわからないような、魔法的な装置なのだろう。

エウフェミアは魔法陣の中に足を踏み入れ、リズリーを下ろした。

すると、魔法陣がぼんやりと輝きはじめ、エウフェミアの目前に映像が映し出された。

エウフェミアがその映像に手を伸ばすと、映像が変化していく。どうやらそれで転移に関する操

作を行っているらしい。

「エント帝国……は問題ないですね。転移可能です」

「できないこともあるの？」

「転移先が物理的に壊されているなどですと無理ですが、転移先の様子に変化はないようです。どうしますか？」

「転移して。はやく夜霧さんの所に行きたいし」

エウフェミアが確認してきたので、リズリーは答えた。

早く行きたいというのも本当だが、こんな血なまぐさい所でのんびりしていたくないという気持ちも多分にある。

「わかりました。ではみなさん、こちらへ」

エウフェミアに促され、キャロルと諒子も魔法陣の中に入った。

エウフェミアが映像の表面をなぞるようにすると、魔法陣の縁から光が立ち上る。

光の円筒に入ったような状態だ。

しばらくして光がおさまった。

これで転移が終わったのかと、リズリーはきょろきょろとあたりを見回した。

「何も変わってない気がするんですが？」

「どの屋敷も似たような部屋のようです。転移は成功しているはずなのですが」

エウフェミアが魔法陣を出たので、リズリーも後に続いた。

「もうちょっと派手なのを期待してたんだけど。時計がぐるぐるしてる空間を通るとか！」

「一瞬で終わってくれてよかったですよ。そんな演出を加えられたら無意味に緊張しますし」

キャロルと諒子も魔法陣を出る。

「うーんと、周囲に気配はないね。あ、もちろん動かないアンデッドがいたらわかんないけど」

キャロルが先頭になって階段に向かい、リズリーたちは少し後をついていく。

階段を上りきった所に扉があり、キャロルが扉を開けて皆で外に出た。

「うわ!?　何これ」

すぐ目の前にあるものを見て、リズリーは驚いた。

そんなものがあるとは想像もしていなかったのだ。

「ドラゴンかな？」

キャロルは驚くよりも興味津々という態度だ。

そこにあったのは、巨大な生物の頭部だった。

黒い鱗に覆われ、巨大な顎を持つ爬虫類らしき生物の首から先が転がっていたのだ。

「身体はあちらにありますね。無駄なく一太刀で切り離したという感じでしょうか」

翼を備えた巨軀が倒れていた。

「ここは古代に栄えた都市ですね。オリジンブラッドが発生した場所でもあるようですが、今は関係ないですから先を急ぎましょう」

リズリーはあたりを見回した。

巨大な洞窟内のようで、エウフェミアの頭上に浮く光球も全てを照らし出せてはいない。

あたりには石造りの建物が林立しているので、確かに街なのだろう。

「え？　ドラゴンはほっといていいんですか!?」

「死んでいるんですからどうしようもないでしょう」

「エウフェミアさん、私に対する態度がいい加減になってきてますよね……」

洞窟内の闇に沈む古代都市とドラゴン。

リズリーたちと関係ないと言ってしまえばそれまでだが、いったい何があったのか気になってしまう。

しかし、詳細な調査をしている場合ではなかった。

とにかくここを出てエント帝国の帝都に向かわなければならない。

どちらに向かえばいいのかと再度あたりを見回していると、すさまじい衝撃と共に身体が浮き上がった。

「え、なに!?　地震!?」

「わかりませんが、注意してください」

すさまじい揺れは一過性のものではなく、石造りの建物をも崩壊させていく。天井すらも崩落し、岩塊が降り注ぎはじめた。

「みなさん、私のそばに」

リズリーはエウフェミアのそばに寄った。キャロルと諒子もやってくる。

岩は、エウフェミアには届かずに、あらぬ方向へと弾かれていった。念動で弾いているのだろう。

リズリーは安心した。地震が始まった時にはどうなることかと思ったが、この程度の状況ならエウフェミアで対応できそうだ。

「この世界の地震って初めてだけど、長すぎない？」

キャロルが疑問を呈する。

リズリーも地震の経験はないが、ここまで続くものとは思っていなかった。

「あれが原因じゃないですか？」

諒子が古代都市の中央部を指さす。

そこは、山のようになっていた。地面が盛り上がり続け、建物が転げ落ちているのだ。

そして、山が砕け散った。

その衝撃で建物群が一気に弾け飛び、古代都市が一瞬で更地と化した。

エウフェミアが防御していなければ、リズリーなど瓦礫《がれき》に押し潰されて死んでいたことだろう。

「いきなりなんなわけ！」

キャロルが見ているのは、巨大な穴だ。

そこから獅子の巨大な頭部が顔を出した。

それは伸び上がり天井に叩き付けられた。それには不自然なまでに長い首がついているのだ。

出てきたのは獅子だけではなく、同様に山羊や蛇といった頭部が天井にぶつかっていった。

巨大な鉤爪が出てきて穴に手をかける。どうやら、それの本体が出てこようとしているらしい。

「あれは主上の一部だよ」

突然背後から声が聞こえてきて、リズリーは振り向いた。

どこから現れたのか、黒いスーツを着た細身の男が立っていた。

「何がどうなってこうなってしまっているのか、俺にもよくわからないんだが、とりあえずは見つけられたのだからこれでよしとするべきなんだろう」

「えーと……あなたって敵なのかな？」

キャロルが慎重に問いかけた。

「ふむ。こんな場所で出会えば警戒するのも当然か。だが、こうやって出会えたのも縁だな。自己紹介しておこうか。俺の名はザクロ。君たちの言語体系からふさわしい言葉を選択すると、神だ。君たちに危害を加えるつもりはない」

「あれも、襲ってこない？」

キャロルは先ほどから天井を攻撃している化物を指さした。

「ああ。君たちのことなど眼中にもないだろう。離れていれば問題ないはずだ」

「主上って言われてもよくわからないけど、神のあなたが仕えているものってこと？」

「そういうことだ。一口に神といっても様々な格があってね」

「うーん。こう言っちゃなんだけど、主上？　ってあまり知性があるような感じじゃないよね？」

ザクロが主上と呼んだ化物は、無闇に天井を攻撃していた。頭部を執拗に叩き付けていて、天井を壊したいという意思は感じられるが、その行動は激情的で動物的なのだ。

「キャロルさん何言っちゃってるんですか！」

リズリーは慌てて口を挟んだ。

本当に神なのかはわからないが、エウフェミアの顔に冷や汗が流れている。ザクロはエウフェミアにとっても驚異的な存在なのだろう。そんな相手の機嫌を損ねてしまえば、どんな目に遭うかわからない。ここは下手なことを言うべきではないはずだった。

「一部と言ったように、今の主上は完全な状態ではないのだ」

「なるほどねぇ。じゃあ私たちには関係ないことなんだよね。じゃあ行ってもいい？」

だが、ザクロが返事をする前にリズリーは唐突に後ろへと吹き飛ばされ、わけがわからないうちにキャロルに抱きかかえられていた。

「キャロルさん、諒子さん！　リズリー様を連れて逃げてください！」

リズリーが吹き飛んだのはエウフェミアに放り出されたからしく、キャロルもエウフェミアの意図を汲んでいたらしい。

キャロルが走りだし、リズリーは強制的にエウフェミアから引き離されていく。

「え!? 何がどうなってるの!? 危害を加えないって……」

一触即発といった状況ではなかったはずなのに、いつの間にか逃げ出すことになっている。

リズリーがその場所で最後に見たのは、エウフェミアがザクロに突っ込んでいく姿だった。

6話　俺にはお前が何を必死になっているのかまるでわからないのだが

エウフェミアは、ザクロと名乗る男を見た瞬間に総毛立っていた。

その気配だけで、オリジンブラッドよりも遥かに上位の存在だということがわかる。

戦って勝てる相手ではないことが、本能的にわかるのだ。

神だというのも本当だろう。それが目障りだと思うだけで、立ち塞がる者は何もすることもできず一瞬で死に絶える。ここまで差があると、勝負にすらならない。

キャロルと諒子もそれが放つ尋常ではない圧力を感じ取っているのか、ザクロを見た瞬間に青ざめていた。

何もわからずにのんきにしているのはリズリーぐらいのものだ。

「えーと……あなたって敵なのかな？」

キャロルが慎重に問いかける。

エウフェミアはすさまじい胆力だと感心した。

そして、その問いかけにより即座に殺されることはないと判明する。

ならば、多少の猶予はあるのだ。

エウフェミアは、この状況に嫌な予感を覚えていた。

目の前にいるザクロが脅威なのはもちろんだが、それ以上に天井を破壊しようとしている巨大生物に胸騒ぎを感じていたのだ。

複数の頭を持ち、執拗に天井を攻撃する生物に心当たりはない。知らないはずなのだが、それを見た時に心が妙にざわついた。

それはただの化物ではない。それは神聖にして侵すべからざる存在だと、エウフェミアは感じ取っていたのだ。

オリジンブラッドとしての自分が、本能的にそれに傅《かしず》こうとしている。

ここはオリジンブラッドの生誕に関わる地であり、この地の底からそれは現れた。ならば、それはオリジンブラッドに関わる存在である可能性がある。

またなのか。絶望的な感情にエウフェミアは囚われた。

――思えば、ここまで何者かに支配され、してやられてばかりでしたが……。

吸血鬼たちの頂点に立つオリジンブラッド。なりたくてなったわけでもないが、これで何者にも支配されることはなくなったとエウフェミアは思っていた。

だが、上には上が存在している。

人を遥かに凌駕する吸血鬼であってもそれにだけは逆らえない。エウフェミアはそれを理解しつつあった。

神だとか上位存在だからではない。

それは、オリジンブラッドの起源に関わる存在であり、吸血により勝手に増えていく手下と、それを統率するものを作り上げたのだ。

それの頭部の一つがこちらへと向けられた。

ザクロかエウフェミア、あるいは両方の存在に気付いたようだ。

もうそれほど時間はない。いつ、エウフェミアの自由が奪われるのかわかったものではなかった。

この局面で、エウフェミアにできること。

エウフェミアは、リズリーを守ろうと思った。リズリーへの思慕の情はオリジンブラッドになった際に植え付けられたにすぎないのかもしれない。

支配され、思いをねじ曲げられ、本当の自分などもうわからなくなっている。だが、これ以上自分が変わる前に、この小さく無垢な少女を守ることが、自分がすべきことだと思ったのだ。

エウフェミアは念動でリズリーを背後へと放り投げ、キャロルと諒子も後ろに押しやった。

キャロルならそれで、何をするべきかわかるだろう。

エウフェミアはザクロへと突っ込んだ。

一矢でも報いられる可能性はない。これはただ、一瞬でもこちらへと気を引きつけようと思ってのことだ。

キャロルと諒子は即座に逃げ出した。

それでいい。

できるだけここから遠くへと。彼らの意識の外へ出ればいいはずだ。

それからすれば、リズリーたちなどどうでもいい存在だろうし、わざわざ追うことはないだろう。

エウフェミアが懸念していたのは、自分が何者かに支配されリズリーに危害を加えることだ。

それさえ避けられれば他のことはどうでもいい。

後は、キャロルたちがうまくやってくれるのを願うのみだ。

エウフェミアは黒い霧と化した。

霧でザクロを包み込み、そのまま攻撃する。

細かな粒子と化した全てが、意のままとなるのだ。普通の敵ならば為す術もなく侵食され、朽ち果てることだろう。

だが、こんな攻撃が通用するとは思っていない。

これは、ただの目くらましだ。

ザクロの全身を包み込み、外部の情報を遮断する。少しでも、リズリーから気がそれるように。

少しでも、エウフェミアを目障りだと思ってもらえるように。

しかし、エウフェミアは気付けば元の姿に戻り、跪いていた。

なぜこうなっているのか、まったくわからない。

「俺にはお前が何を必死になっているのかまるでわからないのだが。何をしたいんだ？」

ザクロが呆れた様子で問いかけてきた。

最初から想定していたように、エウフェミアが何をしようとザクロには通用していなかった。

だが、エウフェミアに興味を持ったというのなら時間は稼げる。エウフェミアの精神はまだ支配されているわけではないようだ。

「……」

エウフェミアは沈黙を選んだ。

いずれ強制的に口を開かされるにしても、ザクロがそう決心するまでに時間がかかるならそれでいい。幾ばくかの時間でも稼げれば、リズリーが逃げ切れる可能性は上がるのだ。

「危害を加えるつもりはないと言ったつもりなのだが……もしかして俺の言葉がうまく通じていないのか？　会話は成立していたと思っていたのだが……なかなかに難しいな。人の言葉は」

「あなたは……なぜ私たちの前に？」

「おお！　やはり話ができるじゃないか。主上の気配が突然現れたのでやってきたら、そこに何者かがいたのだ。何か関係があるのかと興味ぐらいは持つだろう？」

その話しぶりは穏やかで、やはりエウフェミアを脅威とは思っていないようだった。

「……私がここへ来たのは、このあたりの街に用があったからです。ここには転移装置が置いてありますので……」

沈黙を続けるのは得策ではないとエウフェミアは判断した。エウフェミアから情報が得られないとなれば、リズリーたちを追うかもしれないと考えたのだ。

「ふむ……お前は主上の呪いを受けたものだな？　その血族がこの地に都市を作っていて、ここに転移装置とやらが設置してあるのなら、ここで出会う可能性は幾分かは高いのか。しかし、まったくの偶然ということでもなさそうだな」

全速力で逃げていたキャロルたちの気配が地上へと上がっていき、わからなくなっていく。

まだ安心とは言いがたいが、それでもエウフェミアは少しばかりほっとした。

「で、なぜ襲ってきた？　俺は傍若無人にふるまうだけの神々に比べれば比較的穏当な神だと思うし、無闇に威圧しないように気をつけているつもりなのだが……是非教えてくれないか？　今後の参考にしたい」

「威圧感は……相当ありましたね。出会っただけで死ぬかと思いました」

「なるほど。いや、いつもはもっと力を抑えているのだが、さすがにこれまで散々に捜し回っていた主上を発見した直後だ。多少は昂ぶりもする。これでどうだ？」

ザクロがそう言ったとたん、強烈なまでの威圧感は鳴りをひそめた。

それでも、圧倒的強者である雰囲気は漂わせているが、ずいぶんとましにはなっている。

「しかしだ。君はただ強そうな相手とみただけでいきなり襲いかかるバトルマニアというわけではないのだろう？　まだ理解しかねるのだがね」

「……あなたなら、私程度の心の内を覗き見るなど容易《たやす》いのではないですか？」

それは先ほどから会話をしていての疑問だった。

ザクロほどの存在なら、会話などせずとも必要な情報を全て得ることができるはずなのだ。

「なるほど。君の知る神とはよほど傲慢で知性をないがしろにする存在のようだ。安心しろ。俺たちは自由意志を尊重している。無理矢理に心の内を覗き込むような下品な真似はしない」

エウフェミアは迷った。

本心を語るべきなのか。それとも、リズリーたちのことは極力話さないほうがいいのか。

「話す気がないのなら無理強いはしない。どうしても聞き出したいことでもないからな。それで、お前はどうするんだ？　どうやらこの地における信奉者のようだが」

エウフェミアとしての意思に変わりはない。

だが、この場に留まり続けたことにより、ザクロの背後で蠢《うごめ》き、暴れ回る化物の存在からの影響は確実に受けていた。

それに傅きたいと、全身全霊をもって仕えねばならないという気持ちが、心の奥底から湧き出してくるのだ。

それは呪いだ。

人を吸血鬼と化す呪いそのものに、根幹から組み込まれている指令なのだろう。たとえオリジンブラッドであろうと、吸血鬼である以上あの化物に逆らう術は存在していないのだ。

「……私は、あなたが主上と呼ぶ存在に従うべきだと感じております……」

「そうか。なら一緒にくるといいが、同行していた者たちはいいのか？」

「道を同じくしていたのは先ほどまでのこと。今となっては関係がありません」

「お前がそれでいいのなら構わん。名は？」

「エウフェミアと申します」

「さて。まず俺たちのすることだが……主上はあんな感じだ」

「ずいぶんとアバウトな物言いですね。いえ、意味はわかりますが」

「おそらく主上の精神を司る部分は他にあり、それを求めてあれは動いている。なので俺たちのすることはそのサポートだ」

「承知いたしました」

そのとき、轟音が鳴り響き、天井が崩落した。

化物が洞窟の天井をつき破ったのだ。

それは周囲のことなど一切気にもかけず、天に空いた穴を広げていく。

飛び散る岩塊は、古代都市を片っ端から押し潰していった。

「具体的には……とりあえずあれについていって、どうにかするといったところか」

ザクロはかなり大雑把な性格のようだった。

＊＊＊＊＊

アキラは賢者ヨシフミの従者であるが、たいしたことはしていなかった。

通常であれば従者は賢者を支援する立場であり管轄する領域を運営する手助けをするものなのだが、ヨシフミには従者とは別に配下として四天王がいる。

アキラは帝国の運営には関わっていないのだ。

帝都は建築者《アーキテクト》のクラスであるルナが管理していた。

その能力は都市の構築であり、自由にオブジェクト実体化し、改変し、消去できるという優れたものだ。

実体化した建物などに変化があればそれを察知することもできるし、一定のエリアを消去する際にはそこにある物を巻き込んで消すこともできる。

なので、都市の防衛に関してはルナが一手に引き受けていた。

そして、運営者《ゲームマスター》のクラスであるアビーは帝国全土を管理していた。

帝国全土をゲームの舞台として、冒険者たちが活躍するロールプレイングゲームを実施しているのだ。

その能力は帝国内の全てを把握できるといったものではないが、帝国内で事件や事故が発生すれば、クエストが自動的に生成されるようになっていて、その過程でアビーは帝国内の情報を知ることができる。

その能力で、アビーは緩やかな監視網を敷いていた。何か重大なイベントが発生すればそれを即座に察知して、冒険者たちに解決を促すことができるのだ。

この二人がいれば、帝国は安泰と言えた。

もちろん、帝国には法があり、官僚などもいるのだが、アキラがそれに関わることはない。

この世界に来るまではただの日本の高校生だったアキラに、国の運営に携われるような才覚などありはしなかったのだ。

ヨシフミとアキラも、賢者によりこの世界へと召喚された。

ヨシフミは異常なまでに攻撃的な性格でこの世界を立ち回り、アキラはその後ろをただついていただけで生き残れてしまったのだ。

賢者となる者が現れた際、生き残っていた他の召喚者は賢者の従者となる。

そんなルールが設定されていたため、アキラはヨシフミの従者となってしまった。そして、賢者は基本的には従者を害することはできないのだ。

なので、アキラがヨシフミに殺されずに今も生きているのは役に立つからではなく、ただルールに守られているだけのことだった。

そんなアキラにも、一応は役目がある。

ルナやアビーが管轄していない領域、海と空の監視だった。

賢者には侵略者《アグレッサー》を退治する義務がある。そのため領域内を常に監視する必要があり、それには海や空といった場所も対象にする必要があるのだ。

ただ、そうは言っても基本的にアキラは暇だった。

その監視業務は監視装置の端末にアラートが出れば確認するだけのもので、自分の部屋でごろごろとしていてもまったく問題のない閑職だったのだ。

「そういや、けっきょくあれはなんだったんだろ？」

アキラは、自分の部屋にあるソファに寝そべりながら先日のことを思い出していた。

監視装置が、空からやってくる何かを検知したのだ。

空は大賢者の領域で、迎撃も勝手に行われる。

なので、けっきょく何が起こったのかをアキラは把握していない。

やってきた何かは海に落ちたようだったが、天空城から詳細は伝えられなかった。

とにかく落とせたのだからそれでいいということなのかもしれないが、何が飛んできたのかは少し気になってしまう。

「まあ、いいか。ヨシフミくんもたいして興味なかったみたいだし」

一応、ヨシフミに報告はしたのだ。

この一帯を管轄する義務があるのはヨシフミであり、そのヨシフミがどうでもいいと判断したのならそれ以上アキラにできることはない。

空のことは、賢者の従者などという下っ端には知る由もないことなのだろう。

この世界に来た際、同時に召喚された者たちは攻撃性が増し、死の危険に鈍感になっていた。アキラもその影響は受けていたのだが、それでも生来の臆病さを覆すほどではなかったのだ。ヨシフミの庇護下にいればこの危険に満ちた世界でも生きていける。余計なことをして、ヨシフミに放逐されるようなことがあってはならなかった。

好奇心は猫を殺すという。余計なことは気にしないほうがいいのかもしれなかった。

なので、アキラは今日も部屋に引きこもったまま本を読んでいる。

幸い、賢者の従者の権力があれば暇潰しになるものはいくらでも入手できた。その権力である程度は好き放題もできるのだろうが、やりすぎればヨシフミに睨まれるかもしれない。そうなれば殺されることはないかもしれないが、地下の発電所送りもありえるだろう。

アキラは現状維持を最優先に考えていたのだ。

「ハナブサ全土を支配できなかったのは残念だったな」

そんなアキラが楽しみにしているのは、ハナブサで出版されている漫画などだ。

ハナブサはレインが管轄していた都市で、現代日本をそれなりに再現できていた。

レイン亡き後、賢者ヨシフミと賢者アリスがその管理を巡って争ったのだが、けっきょく半分にして統治することになったのだ。

誰が何を決めたのかはわからないが、ハナブサは壁で真っ二つに分断された。

そのためハナブサはまともに運営できなくなり、今も混乱し続けている。新刊の出版どころではなくなっているのだ。

「ヨシフミくんも普段あれだけ強引なんだから、もうちょっとどうにかできなかった――」

アキラが、聞かれてしまうとまずいようなことをつぶやいていると、突然大きく部屋が揺れた。

地震かと考えていると、胸ポケットに入れている端末がけたたましいアラーム音を響かせはじめた。

何か、監視対象となるような異常が発生したらしい。

アキラは端末を確認した。

震源地は帝都の近くにある森だ。そこに何か巨大な物体が現れたらしい。

アキラは慌てて、窓から外を見た。この部屋は城の上層階にある。ここからなら帝国全土を見渡すことができるのだ。

「な！　なんだ、あれ！」

巨大な頭がいくつも天へ向かって伸び上がっている。

獅子や蛇や人や山羊といった頭部が長大な首の先についていて、森から飛び出しているのだ。

「ひゃっ……」

頭部が一斉にアキラへと向けられ、アキラは腰を抜かしそうになった。

アキラを見たわけではないのかもしれないが、それは確実に帝都を注視している。

そして、それは帝都へと向かって動きはじめた。

7話　封印されてたから見つからなかったってなんなんだろうね。徒労感がひどいよ

アビーのクラスは運営者《ゲームマスター》であり、エント帝国全土を管理下においているが、そこで起こる出来事を全て把握できるわけではない。

小さな島国とはいえそこには無数の人々が暮らし、様々なモンスターが生息していて、数々の事件が次々に起こっているのだ。

それをたった一人で認識し、対応することなどできるわけもない。

なので、ほとんどは自動的に処理されていた。

些細な出来事であれば、解決に至る術を解析しそれをクエスト依頼として各地にある冒険者ギルドで告知するのだ。

それは、あるモンスターを何匹倒せ、特効薬の材料を集めろ、街から街へ荷物を運べといった具合だ。冒険者たちは報酬目当てに、それらになんの意味があるのかもわからないままクエストに挑む。

雑多なクエストが勝手に生成されて勝手に解決されていく。全自動で面倒な事件が処理されてい

くのが、運営者《ゲームマスター》の優れた点だった。

ただ、全てがどうでもいい些細なイベントというわけではなく、中にはアビーの判断が必要なものもあった。

一つは王族関連のもので、これはヨシフミの指示によるものだ。王族が全滅しようと構いはしないとのことだったが、面白そうなので何かあれば報告しろと言われている。

なので、王族関連に関しては様子を見ながら難易度と報酬を調整するようにしていた。

もう一つは、巨大モンスターだ。時折、通常のサイズからはかけ離れた特殊個体が出現することがある。それらに対して、ただクエストを生成して冒険者に勝手にやらせていては、収拾がつかなくなることがあるのだ。

なのでアビーは、一定以上の大きさのモンスターには即座に気付くことができる。

もっとも、その存在には誰でも気付けたことだろう。

それは、帝都の近くにある森から地震と共に現れたのだ。帝都にいれば震源地は即座にわかるし、そちらに目を向ければ簡単にその威容を視認することができる。

自室でくつろいでいたアビーは慌ててステータスウィンドウを表示した。アビーのウインドウには運営者《ゲームマスター》特有の情報が表示されている。帝国全土からピックアップした映像がいくつも並べられているのだ。

アビーはその中の一つを拡大した。

これまでに誰も見たことがないであろう奇怪な化物が眼前に浮かび上がる。

「何こいつ!?」

森が破壊されていき、その全貌が現れた。

巨大な丸い胴体から、移動に使うのであろう太く短い足が生えている。

他にも足らしきものが胴体から生えているが、接地すらしていないそれらに意味があるのかはわからなかった。蹄《ひづめ》を持つ足や、爪を持つ足などが胴体から無数に垂れ下がり蠢いている。

上部にはいくつもの頭があった。丸い胴体から長い首が幾本も生えていて、獅子や蛇や山羊の顔が揺らめいている。

それが動くと大地が揺れた。

アビーは自室の窓から外を見た。

肉眼でも視認できる距離にそれはいる。

ゆっくりと動いているように見えるが、それは巨体が故だろう。すぐにでも帝都に迫ってきそうだった。

アビーは部屋を飛び出した。

緊急クエスト『謎の巨大モンスターを倒せ！』を設定しながら廊下を駆ける。

まずは冒険者どもを迎撃に向かわせるのだ。それで倒せるのならいいが、おそらく無理だろう。

敵の巨大さは常軌を逸している。並大抵の冒険者では一蹴されるだけだ。

アビーは侵略者《アグレッサー》の可能性を思い浮かべた。

だとすれば、ヨシフミにしか対応できないかもしれないが、ヨシフミはエルフの森にでかけたまま帰ってきていない。

連絡手段はなかった。

帝国内であれば運営者《ゲームマスター》の力で直接連絡できるのだが、エルフの森は魔法やスキルといった超常の力を撥ね付ける結界に覆われているのだ。

「なんだってこんな時にわけわかんない奴がやってくんだよ！」

ヨシフミがエルフの森にでかけている間にこんなことが起こる。

なぜよりにもよってこんなタイミングなのか。アビーは運命を呪いたくなった。

放っておいても軍部は独自に動きだすだろう。アビーは軍事には詳しくないのでそちらは任せておけばいい。アビーは四天王にしかできないことをすればいいのだ。

アビーは、ルナの部屋に駆け込んだ。

「状況、わかってる？」

「さすがにね。これに気付かないとかありえないと思うけど」

アビーは、窓から外を眺めているルナの隣に立った。

ルナの見る先にはもちろん、巨大な化物がいる。化物はもう帝都の直前にまで迫っていた。

「どうにかできる？」

「うーん。私の力は、帝都内でしか使えないから、ある程度引き込む必要はあるけど」

ルナは帝都内であれば自由に建物を作成し、消去することができる。そして建物の消去に巻き込めばどれほど強力なモンスターであろうと存在そのものを抹消することができた。ルナは帝都内であればほとんど無敵なのだ。

なので、巨大モンスターを帝都内にあえて侵入させてからなら、始末することは可能だろう。建物は壊れたところで、すぐに作り直すことができる。問題になりそうなのは人的な損害だが、アビーにとってそれはどうでもいいことだった。

ヨシフミと四天王が行っているのは、しょせんは帝国ごっこにすぎないのだ。

「逃げないでよ？」

ルナが念を押すように言う。

ルナの力には制限があり帝都外から使うことはできない。なのでルナはどうしてもここに残る必要があるのだ。

全てを自分にだけ押しつけられてはたまらないとでも思ったのだろう。

「逃げなきゃならないほど追い詰められるとも思えないけどね」

「あれ、何しにくるんだと思う？」

「……人を食べに、とか？　森から現れたのだとして、大量の人間がいる街はここが一番近いわけだし……試してみるか」

アビーは、化物の進行方向から見て右側に集結地点を設定した。

そこに行くだけで報酬を得られるようにクエストを設定したのだ。

すると、我先にと冒険者たちが帝都から飛び出し、集結地点へと殺到しはじめた。

巨大モンスターからは離れているのでそれほど危険もなさそうということで、戦いなどできそうもない者たちも続々とそこに集いはじめた。

一見、避難を誘導しているだけの人道的な行いに見えるが、もちろんアビーの意図はそうではない。

「あいつ、人間には目もくれないね」

巨大モンスターは直進していた。

人々が次々に帝都から出ていくというのに、眼中にはないようだ。

「ここが目的地ってこと？　でもなんで？」

「この城は王国時代のものをそのまま使ってる。ここに何かあるってこと？」

「でもさ。だったら、皆で逃げ出せばいいんじゃない？　街なら私がいくらでも作れるし」

多少の準備は必要になるが、まったく別の地に新たな帝都を作るのは簡単なことだった。

ルナの力は設定した領域内にのみ適用される。

その領域の設定を初期化し、別の地を帝都ということにすればいいだけのことだった。

「それは最後の手段だね。ヨシフミはここが元王城であることにこだわってる」

ヨシフミは悪の皇帝を気取っているのだ。

いつか王国の残党がやってくることを期待して、元王城を利用している。あえてここに居を構えているわけで、そんな場所をあっさりと見捨てて逃げ出そうものなら、ヨシフミにどんな目に遭わされるかわからない。

四天王などと呼ばれてはいるが、代わりなどいくらでもいるし、これまでに何人も入れ替わっている。死ねば簡単に補充される程度の存在でしかないのだ。

「じゃあ、ミッション2といこうか」

ミッション1は帝都外に拠点を作りそこに移動することだった。

ミッション2では巨大モンスターに攻撃を仕掛けさせる。

だが、ミッションクリア条件をモンスターの討伐にしてしまうと、あまりにも敷居が高くなりすぎるだろう。

なのでアビーは貢献ポイント制にすることにした。

与えたダメージや、回復、支援などの行動に応じてポイントが得られ、そのポイントを後に換金できるというシステムだ。

これならば少しでも攻撃すれば報酬が得られるし、より奮闘した者が多く報酬を得られるので、文句を言う者もいないだろう。

冒険者たちが巨大モンスターの横合いから攻撃を仕掛けた。

剣や槍で白兵戦とはいかず、遠距離から弓や魔法を撃ちはじめたのだ。

「効いてる様子は……まったくないね……」

「ちっ。少しでも気がそれればと思ったんだけどね」

矢はその表皮で弾かれ、一つも突き刺さらない。

炎の魔法は鱗を焦がし、氷の魔法が肉を抉《えぐ》るが、その巨体からすればかすり傷にもならないらしい。

しかも、それらの傷は瞬く間に治っていく。ちまちました攻撃を続けたところで、そのダメージが累積することはないのだ。

巨大モンスターは、冒険者たちの攻撃を意に介することなく進み続けていた。

足止めにもならない攻撃が続く中、正面からの攻撃が始まった。

帝都をぐるりと囲む巨大な城壁。その上に設置されている大砲が火を噴いたのだ。

大砲弾が全弾命中するのは当然のことだった。外しようがないほどに的がでかいのだ。だが、その攻撃にもたいした意味はないようだった。

巨大モンスターは無傷のまま、直進を続けているのだ。

帝都軍は、複数人を用いた儀式魔法による大規模攻撃も始めたが、これまでで最大の攻撃も通用しているようには見えなかった。

「これ、もうルナに任せるしかないね。何したって無駄だろ」

アビーは早々に匙を投げた。

「えー？　もうちょっとどうにかできないの？」

「無理だろ、こんなの」

「まあ、ある程度踏み込んできたらどうにかなると思うけど」

巨大モンスターは、城壁の直前までやってきて歩みを止めた。

何をするつもりかと注目すると、いくつかの巨大な首を天高くもたげた。

そして、勢いよく首を振り下ろす。

これまでにないすさまじい振動が城を襲い、ルナとアビーは浮き上がった。

「ちょっ！　なんなんだ、これ！」

それは巨大モンスターが初めてみせた攻撃らしきものだった。

首をもたげ、振り落とす。

他の首は炎を噴き出し、雷を放ち、棘を射出する。

瞬く間に、帝都の街並みは瓦礫と化していった。

巨大モンスターは、そうやって攻撃をしながら歩みを再開した。

目指しているのは、やはり帝都の中心にある城のようだ。

つまり、アビーやルナがいるここへと向かってきている。

「ルナ！　さっさとやれ！」

「発動にはちょっと時間かかるし、もうちょいこっちにきてくれないと……」

巨大モンスターは、城壁を壊し、街を灰燼に化えながら近づいてくる。

帝国軍の全力により、多少はその歩みを遅滞させているようだが、焼け石に水といった状況だ。

「今！」

ルナが街区の消去を発動すると、巨大モンスターの中央部分が音も無く消失した。

消失したのは、巨大モンスターの三分の一ほどの体積だ。

突然、真ん中が消えてなくなれば、前後の部分は崩れ落ちるしかない。

巨大モンスターは、洪水のように血を溢れ出させ、その巨体を倒壊させた。

「やったな！」

「ま。帝都に侵入した時点であいつに勝ち目はなかったってこと」

「残ってる部分もさっさと消しなよ」

「そう言われてもね。消去はブロック単位だし、そんなに連続しては――」

アビーは目を疑った。

横倒しになったモンスターの骸《むくろ》。その綺麗な平面になっている断面が泡立ち、無数の管が飛び出したのだ。

管は前後の身体から飛び出して、より合わさり、太い綱状になる。そして、分かたれた身体を引き寄せ、結びつけた。

巨大モンスターが身体中から足を生やし、その巨体を支えて立ち上がる。

それは雄叫びをあげ、膨れ上がり、さらなる巨体へと変貌を遂げたのだ。

「さっさと全部消しなよ！」

「無理！　あいつ大きすぎて、ブロックからはみ出てる！」

「それでもやりなよ！　そうだ！　頭のほうを消せ！」

「やってみるけど！」

巨大モンスターが再び進軍を開始する。してやられたからなのか、それは興奮状態になっていた。

首を力まかせに振り回し、咆哮し、体液をまき散らし、肉片を零し、破壊の限りを尽くしながら無様《ぶざま》に進んでいく。

その前部が唐突に消え失せ、モンスターは再び倒れた。

どちらが前なのかなどわかったものではないが、首が集中しているあたりが消失したのだ。

「急げ！　残りも消せ！」

「急げないんだって！　頑張ったって焦ったってクールタイムが短くなったりはしないんだから！」

アビーとルナは焦《じ》れながら窓の外を見ていた。

またもや、断面が泡立ち、肉が溢れ出てくる。失われた頭部は瞬く間に再生し、巨大モンスターは苛立つかのように苦鳴をあげた。

「これ……どうしようもないんじゃ……」

ルナの顔が絶望に歪む。ここから先の展開が容易に予想できたのだ。

ルナの能力は、ブロック単位でしか使えない。一度使えば再使用には時間がかかる。

これでは巨大モンスターの全てを消し去ることはできなかった。

一度で全てを消去できないのなら、残った部分が融合して復活するだろう。つまり切りがない。

「いや……あいつが無限に再生するかはわかんねぇし、繰り返せばなんとかなるかもしれねぇ！」

「やるけどさ！　弱ってる感じ全然ないよ!?」

巨大モンスターが進行を再開する。

ルナが力を使い、一部を消し去る。

巨大モンスターは動きを止めて再生し、城へ向かって歩みはじめる。

その繰り返しだった。

時間稼ぎにはなっている。だが、この繰り返しも近いうちに終わるだろう。再生に使うエネルギーは無限ではないはずだが、ここから見ている限りではエネルギーが枯渇する予兆すら見えないのだ。

「駄目だ。埒があかねぇ」

「逃げるしかないよ。後でヨシフミに殺されるか、今ここで瓦礫に埋もれるか。ヨシフミの慈悲に賭けるほうがいくらかは勝算があるように思えるけど？」

「すんげぇ強い奴が来たから尻尾巻いて逃げ出した。それで、ヨシフミが納得してくれるとも思えないけどね」

だが、対抗策がないのだからここで手をこまねいていても仕方がない。

「よし、逃げよう。後のことは後で考える！　……いや、まだアキラを試してなかったか」

「この状況だし、逃げてるんじゃないの？」

「いや、あいつのことだから、隅でガタガタ震えてるってオチかもな。とりあえず途中で拾えるよ　うなら拾ってく」

アビーとルナは部屋を出た。

ここは城の上層階であり幹部連中の部屋が用意されている。

アキラはここに住んでいるので、逃げていないなら部屋にいる可能性が高かった。

ルナが攻撃を仕掛けつつも、アキラの部屋に向かう。

アビーがアキラの部屋の扉を蹴破って躍り込むと、アキラは窓の前に立ち尽くしていた。

「いやがったな。卑怯者」

「ひぃぃ！」

振り向いたアキラは情けない悲鳴をあげた。

「おい、どういうつもりだ、こら。私を見て汚らしい悲鳴をあげるなんてよぉ」

「ち、ちがっ、驚いただけで、別に……」

「アキラくーん。こんな事態だっていうのにぼんやり突っ立ってたの？」

「その、何もしてないんじゃなくて。一応、天空城《てんくうじょう》に援軍は要請したから、防衛システムが……」

「ごちゃごちゃうっせーんだよ！」

アビーはルナの手をとり、アキラに近づいた。

そして、アキラの腹を思い切り蹴り飛ばした。

「ぐえっ」

アキラが身体を折り、しゃがみ込む。

アビーは座り込んだアキラを滅多矢鱈《やたら》に蹴りつけた。

すると、外からこれまでにない叫び声が聞こえてきた。

それは城を震わすような振動であり、近くにいればそれだけで死にかねない強烈な轟音だった。

「お、通用するな」

「けど、これも時間稼ぎでしかないと思うけど」

「いや、試す価値はあるんじゃねーか？　もしかすると、嫌がって逃げるかもしれねーし」

アキラのクラスは卑怯者《ダスタード》だ。

主な能力は、自分へのダメージの半分を他者になすりつけるものだった。攻撃された場合、そのダメージを攻撃してきた者にではなく、まったく関係のない第三者に与える。

今の場合、アビーが攻撃すればルナにダメージがありそうだが、手を繋いでいればアビーと一体として扱われるのだ。

そして、アキラの周りに誰もいないのなら、一番近くにいる巨大モンスターにダメージが与えられることになる。

もっとも、アビーがアキラを蹴るぐらいのダメージが巨大モンスターに通用するはずもない。では何が巨大モンスターに悲鳴をあげさせているのか。

苦痛だ。

アキラは痛みをそのまま他者に与えることもできるのだ。その相手がどれほど痛みに強いかは関係がなく、アキラがどう感じているかが重要となる。アキラが死ぬほどの苦痛と感じていれば、相手にとって死ぬほどの苦痛を与えることができるのだ。

「や、やめて、やめて！」

「せっかく役に立ってるんだからよ。もうちょっと気合い入れろよな」

アビーは、アキラの襟を摑み立ち上がらせた。

アビーは近接戦闘で使えるような特殊な力は持っていないが、単純な膂力《りょりょく》でアキラに勝っている。

「で、どうするよ。逃げるにしてもさ」

「とりあえず腕でも折っといたら？　継続して痛みを与えられるでしょ」

「いやだああああああ！　なんでこんなことするんだよぉー！」

「あのな？　今この国は大ピンチなんだよ。幹部のお前が身体を張らずにどうするってんだ？」

「そんなの知らないよ！　幹部だとか賢者の従者だとか好きでやってるんじゃないんだ！　ほっといてくれよ！　僕が痛い目に遭ったってそんなの一時しのぎでしょ！　あんな化物をどうにかできるわけが――」

途端にアビーの身体に激痛が走った。

わけがわからないほどの苦痛で前後不覚になり摑んでいたアキラを落としてしまったが、そんなことなどどうでもいいほどの痛みで何も考えられなくなる。

「……な、何が……」

気付けば、アビーとルナは床に倒れていた。苦痛でのたうち回っていたのだ。

すでに痛みはないが、アビーの思考はまとまらなかった。

苦痛から解放され、あまりの安堵に思考が空白になっている。

少しして、アキラの能力が自分たちに牙を剝いたのだとアビーは気付いた。

アビーたち以外の誰かが、アキラを攻撃したのだ。

「世界中を捜し回ったのに、封印されてたから見つからなかったってなんなんだろうね。徒労感がひどいよ」

アビーは声のしたほうを見上げた。

翼を生やした少年が立っていて、その手にはアキラの頭部がぶら下がっていた。

8話　拙者さらさらの肌をしていますし、フローラルな香りもしているのでござる！

鳳春人は、ザクロに命じられてどんな姿をしているのかもわからない主上とやらを捜し回っていた。

伝承の残されている集落やら、超古代の遺跡やら、過去に偉大な神がいた痕跡を求めて世界を巡っていたのだ。

だが、けっきょくその行為にさほどの意味はなかったようだ。なにせ、封印が解けるまで、主上の気配など欠片もわからなかったのだ。

その封印にしても、春人やザクロが能動的に解いたものではない。なぜか勝手に解けていたのだ。必死になって捜し回っていたのが馬鹿みたいだと、徒労だと思ってしまっても仕方がないだろう。

「なんだてめぇ！」

床に倒れている長身の女が吠えた。

柄は悪いが、この惨状の帝都から逃げ出さずに対抗手段を模索していたのだから、それなりの地位にある人物なのだろう。

もう一人、小柄な女も倒れているがそちらは顔を伏せたままだった。

「鳳春人」

「あぁ!?」

「なんだと言われたから答えたんだ。仲間を殺しておいてなんだけど、おとなしくしてるなら危害は加えないよ」

主上が現れたとのことで、春人はザクロに呼ばれてこの地にやってきたのだ。

エント帝国上空まで飛んできたところ、ザクロから指令があった。

春人はザクロの指示に従い、帝都上空を飛んでいた天使のごとき者たちを全滅させ、城の中から攻撃していた者の首を刈り取ったのだ。

「ふざけんな！　いきなり攻撃しといてどういう了見だ！」

「こいつが何らかの能力を使ってるのはわかってた」

春人は、手にぶら下げている男の首を掲げた。

「解除する方法があるのならそうしたけど、わからないからとりあえず殺した。解除が急務だったからね。でも無関係の人に手を出す気はないよ。君たちはどうする?」

主上が精神攻撃を受けているので、対応してほしい。

春人が受けた指令はそれだけだ。一緒にいただけの人間を殺すつもりはなかった。

「てめぇは、外の化物に関係あんのか?」

「あるらしい。けど詳しくは知らないんだ」

なにせ主上が復活したからと呼び戻されている最中だ。

まだザクロと再会していないし、春人はろくな説明を受けていなかった。

「あの化物は何がしたいんだ?」

「それもわからない。これから説明があると思うんだけどね」

春人が城にいた女と会話しているのは、わけがわからないまま自棄になって襲ってこられるのも面倒だったからだ。

いきなり攻撃しておいて虫のいい話ではあるが、意味のない戦闘は避けたかった。

「知らねぇ、わからねぇ、って、ふざけてんのかてめぇ!」

「申し訳ないけど、僕は本当に下っ端で、手駒でしかないんだよ」

「どうするって訊いたな?　私らを見逃すってのか?」

「僕は言われたことをやってるだけだからね。君たちのことは聞いてないんだ」

子供の使いではないのだから、状況に応じた行動を取るべきなのかもしれない。

だが、春人はこの地で何が起こっているのか、自分が何をさせられているのか、ろくにわかっていないのだ。

この状態で、気の利いた行動をしろと言われても無理だろう。

殺してしまってから、それはまずかったと言われても困るのだ。なので、命令にないことは極力するべきではないと思っていた。

城が揺れた。

外にいる、巨大な化物が進行を再開したのだ。

春人はそれが捜し求めていた相手、ザクロが主上と呼ぶ上位の神であることはわかっていた。

春人は主上の気配を察知できるようにされていた。主上の捜索を命じられていたのだから当然の処置だ。

主上は春人たちのほうへ、城へと向かってくる。

このままでは城は崩れ、瓦礫に埋もれることになるだろう。

「じゃあ僕は出ていくけど、連れていこうか?」

「ルナ!」

長身の女が小柄な女に呼びかける。

春人は不穏な気配を感じとった。

ルナと呼ばれた女が何かをしようとしている。

春人は、即座にその場から逃げ出した。

戦う気はないが黙ってやられるつもりもない。

十分に距離を取り、空中に留まったまま城の様子を見た。

城が奇妙な形になっていた。部分的に、四角く切り取られたようになっているのだ。

「なるほど。任意の立方体状の空間を消失させる、といったところかな」

命令遂行後に敵らしき相手と会話をしていたのはただの興味本位だ。

敵対行動を取られたうえで話を続けようとまでは思っていない。

春人は、帝都の正門があったあたりに着地した。

今の春人は速い。目に見える範囲なら一瞬で移動できるほどだった。

「助かった。本来ならあの程度の精神攻撃など通用するはずもないのだが、そもそも錯乱しているような状態だからな。効果覿面《てきめん》だったのだろう」

瓦礫の山の上に、ザクロと女が立っていた。

春人はその女に見覚えはなかった。

「けっきょく僕は何をさせられていたんですかね？」

「俺も主上がどのような状態になっているかはまるで知らなかったのだ。そもそも、この世界にいるかどうかもわかっていなかったぐらいだからな」

春人の愚痴に、ザクロは悪びれることなく答えた。

ザクロがこの地に主上がいる可能性があると思ったのは、この地で使用されているバトルソングのバージョンが、主上がいなくなったころに使われていたバージョンだからということだった。

元々、たいして確証のない話だったのだ。

ちなみにバトルソングとは、スキルなどの超常的な能力を司るシステムだ。この世界で人間離れした能力を使う者は、ほとんどがこのシステムの管理下にあるといっていいだろう。

「そちらの方は？」

「エウフェミアという。主上がその昔に作った呪いを受け継ぐ者だ。お前にわかりやすいように言いえば吸血鬼の一族らしい」

エウフェミアが頭を下げた。関係性はよくわからなかったが、自分と同じような立場だろうと春人は考えた。

「で、主上は何をしていらっしゃるんですか？」

様々な獣を合成したかのような化物は地響きを巻き起こし、建物を倒壊させながら突き進んでいる。

何かを求めて進んでいるようだが、それが何かは春人にはさっぱりわからない。

「わからん」

ザクロは堂々と言い放った。

「わからないんですか」

「だが、主上があちらに行きたいというのなら、我々はそれを手助けするしかあるまい」

「錯乱しているとおっしゃってましたが、正気に戻すほうが先なのでは？」

「ふむ。その意見にも一理はあるが、そうすると主上の心の内に踏み込むことになる。それは不敬だろう」

「では、落ち着くまで放っておくということですか?」

「そうだな。当面は様子を見る」

ザクロと話しているうちに化物は、とうとう城へと到達した。

いつの間にか、帝都側からの攻撃の手は止まっていた。

何をしても通用しないと悟り逃げ出したのか、あるいは全滅したのだろう。

そして、すさまじい音と共に化物の姿が唐突に消えさった。

「何が……」

春人はルナによる攻撃かとも思ったが、主上の気配は消えていなかった。

ザクロも慌ててはいないようなので、主上の心配はする必要がないのだろう。

「落ちたようだな」

春人は空へと浮かび上がり、何が起こったのかを確認した。

城のあったあたりが崩落していた。

そこに暗く広い穴が空いていて、城周辺にあったものは化物ごと地下へと落ちたようなのだ。

「ふむ。そちらに何かがあるようだ。行ってみるしかなかろうな」

ザクロたちが歩きはじめたので、春人は着地した。

「ザクロ様なら飛んでいくのも、転移するのも自在なのではありませんか?」

「しかし、それをするのならわざわざ人の姿を取っている必要はなかろう?」

「そういうものですか」

ザクロと春人とエウフェミアは、二本の足で瓦礫を乗り越えて進みはじめた。

＊＊＊＊

夜霧たちは港へ向かっていた。

ルーの念動力によって浮いたまま、飛んでいるのだ。

「って！　ヒュドラの姿が消えたのですが！」

「へぇ？　どうなったの？」

もう済んだことと思っていた夜霧だが、花川に言われて振り向いた。

確かに巨大な化物の姿は見えなくなっていた。

「もしや見もせずに、やれやれ、仕方がないな……とか言って高遠殿が始末したのでは!?」

「なんでそんなことしなきゃならないんだよ。力を使うのは疲れるんだ。無駄なことはしないよ」

「ほほう？　それは初耳だったような。もしや使いすぎると動けなくなるとかでござるか？」

「うん。眠くなるね」

「それは、あれですな。某寄生生物のように深い眠りに入って完全に身動きできなくなるというやつですかね。すると、とんでもチート野郎だと思っていた高遠殿にも致命的な弱点が……」

「いや。何かあったら目が覚めるけど？」

「ただ無敵なだけでござるね！　なんなんですかこの人!?」

「花川くん。高遠くんはこーゆー人なんだよ……」

知千佳がしみじみと同意していた。

「で、消えたってことだけど……騒ぎが収まったのなら別にいいんじゃないの？」

「うーん。攻撃とかは止まってるね……やっつけたのかな？」

知千佳が帝都を凝視する。

夜霧では帝都の影ぐらいしかわからない距離だが、知千佳には見えているらしい。

「帝都にはヨシフミの手下とかいたんだろうし、どうにかしたんじゃないか？」

「天使みたいなのもいつの間にかいないけど」

「ああ。それでしたらヒュドラが消える前に、バタバタと落ちていったでござるが」

「そうか。いろいろあるんだな」

「感想それだけでござるか！　きっとあそこではいろんなドラマが起こっていたに違いないですのに！　行っておかなくていいんでござるか！」

「行きたいなら、花川だけ行けばいいだろ？」

「いえ！　拙者はもう高遠殿たちから離れないでござる！　けっきょくここが一番安全なのでござるよ！」

「うーん。安全は安全かもしれないけど……変なことに巻き込まれる可能性も高いよ？」

「そういったいろいろを勘案したとしても、高遠殿のそばにいるのが！　もっとも生き残れる可能性が高い！　そう思うのでござる！」

「まあ、花川くんがそれでいいのなら……」

花川のあまりの勢いに、知千佳は少し引いているようだった。

「街中に空から舞い降りるのは目立つから少し離れた所に下ろしてよ」

港町が近づいてきたので、夜霧はルーに指示を出した。

ルーは港町の近くにある森の中に着地した。

「港町のほうも騒いでるように見えたけど、船とかは大丈夫なのかな？」

「直接的な被害はないし今のところは大丈夫であろう。ただ、帝都からの避難民が押し寄せてくることは予想されるな。あまりのんびりとしておっては、ここに足止めされてしまう可能性はある」

知千佳の疑問に、もこもこが答えた。

帝都から港街まではかなり離れているが、逃げだした者たちの何割かは港街にやってくるだろう。

国外への脱出を考えている者が多いなら、こちらに殺到することも考えられた。

「離れているとはいえ帝都が襲われたわけでござるから、影響はあるでしょうなぁ」

「ルー、疲れた……」

着地したルーは、地面の上にへたり込んでいた。

「やっぱりこのまま大陸に向かうのは無理そう？」

数キロを飛んだまま移動できるのはたいしたものと言えるのかもしれないが、この調子で海を越えることはできそうになかった。

「今のままだと無理だから、パパは私の身体をもっと探してくれたらいいと思う」

「賢者の石か。集めるとルーが便利になるっていうのは面白いけど、その石を探すために大陸に行きたいんだけどな」

この島にいる賢者はヨシフミだけだと夜霧は聞いていた。

なのでもうこの島には用がないはずだった。

「そーいや、ルーたんが高遠殿をパパ呼びするのはなにげにスルーされてるのでござるが」

「そう呼びたいなら好きにしたらいいよ」

夜霧もパパ呼ばわりに抵抗を覚える気持ちはあるのだが、なにがなんでも止めさせたいと思うほどでもなかった。

「ま、お金なら私たちも花川くんも持ってるし、大陸に行く船ぐらいどうにかなるんじゃないかな？」

「おおう！　拙者の財産まであてにされているのでござるよ！」

「ついてくるならそれぐらい出しなよ」

「札束で頬を叩いて、先行きが不安な国から脱出するためのプラチナチケットを入手するということでござるね！」

「人聞きむっちゃわるいね！」

「まあ、とりあえず港街へ行くか。のんびりしてられないんだろ」

「パパ、抱っこ！」

「いやだよ」

パパ呼ばわりはいいとしても、そこまで甘えさせるつもりはなかった。

見た目は幼女だとしても、賢者の石がグロテスクに変化した結果こうなってしまった謎の存在でしかないからだ。

「なんで！　パパ抱っこしてくれてたのに！」

「それは赤ん坊だったからだろ。もう歩けるんだから自分で歩いてよ」

「自分は移動のために扱《こ》き使っておいてこの扱いはひどいですな！　仕方がありませぬ。拙者が抱っこを――」

「花川は嫌！」

「なぜでござる！　しかも呼び捨てとは！」

「べたべたしてそう」

「してないでござる！　拙者さらさらの肌をしていますし、フローラルな香りもしているのでござる！」

「え。それはそれで嫌かも」

「知千佳たんまで！」

「ごちゃごちゃ言ってないで行こうよ」

夜霧は率先して歩きだした。

上空から周囲の光景は把握していたので、港街の方角はわかる。

森を出ると、港街はすぐそこに見えていた。

夜霧が森を出て街へ向かうと、残りの者たちもぞろぞろとついてきた。

ルーも不機嫌な顔をしているが、とぼとぼと歩いている。

この世界の街はだいたいが城壁に覆われているが、その街も同様だった。

門は大きく、ほとんどの人間は素通りしていた。門番はいるのだが、一人一人全て確認してはいないのだ。

今のところ、帝都からやってきた人間でごった返してはいないので、問題なく街に入れるだろう。

そう思って進んでいくと、門番が夜霧たちの前に立ち塞がった。

「ん？」

もしや、全員ではなく抜き打ちで検問をしているのか。

夜霧が立ち止まると、ぞろぞろと兵士がやってきた。

「貴様！　タカトーヨギリか！」

「そうだけど？」

「ならば死ね！」

兵士たちが殺到してくる。だが、次の瞬間には彼らは全て吹き飛んでいた。

「パパに何するの！」

ルーが守ってくれたらしい。

あと少しルーの防御が遅かったなら、夜霧が殺していたところだ。

「あいつだ……タカトーヨギリだ……」

「隣にいるのはダンノウラトモチカ……」

「神の敵……」

「なんとか……なんとかしなきゃ……」

兵士だけではなく、近くにいた一般市民らしき者たちも夜霧たちを睨みはじめた。

「え？　なんで私たち、こんなに睨まれてんの!?」

「いや……覚えはないのでござるか？　ぶっちゃけ、あんたらがほいほいそこらの敵を即死させてきたのなら、恨まれるネタはいくらでもあるかと思うのでござるが……」

「……あるっちゃある……けど、この街に来るのは初めてなんだけど！」

知千佳がしぶしぶながら認める。夜霧も憎まれたり恨まれたりする覚えはいくらでもあった。

だが、少なくともエント帝国の東側ではまだ何もしていない。

「ヨシフミ殺害の件がすでに広まっているのか？」

もこもこがつぶやく。

賢者ヨシフミが慕われていたのかはともかくとして、皇帝殺害犯だと知られているのならいきなり襲ってきても不思議ではないだろう。

「ルー。疲れてるところ悪いけど、緊急離脱できる？」

「うん！」

ルーが返事をすると同時に、夜霧たちの身体がふわりと浮き上がった。

そして、後方へと勢いよく飛んでいく。

あっという間に、夜霧たちは先ほどの森の中に戻っていた。

「ちょっとまずいな」

「ちょっとどころではないでござるな！　船に乗って大陸にゴー！　とか言ってる場合ではないでござるよ！」

「でも、どうする？　この状況はかなりまずいよね？」

「そう。かなりまずいんだよー。私らもビックリしたよねー」

ここにいる五人以外の声が聞こえてきて、夜霧は振り向いた。

見知った顔がそこにはあった。

キャロル・Ｓ・レーン、二宮諒子の二人が立っていたのだ。諒子はリズリーを抱えていたので、三人の顔見知りがそこにいることになる。

「え？　キャロルたちがなんでここに？」

「追いかけてきた」

「どうやって!?」

「まあ、その話は追々するとして、問題はこっちでしょ」

近づいてきたキャロルは二枚の紙を見せてきた。

その紙には、夜霧と知千佳の顔がかなり精巧に描かれている。

「え？　何これ？」

知千佳は何を見せられているのか、今ひとつわかっていないようだった。

「これが街中に貼られてるの」

「どういうこと!?」

「高遠くんたち、マルナリルナ教に指名手配されてるんだよ。見つけ次第殺せって全信者に通達されてるみたい」

「はい？」

「そっちかぁ」

マルナとリルナ。似たような二人なので判別はつかないが、どちらかを殺したことは確かだ。

主神を殺せばこういうことにもなるのかと、夜霧は納得できてしまった。

9話　まったくもってけしからんですな！　なんなんでござるか、このロリコンハーレムは！

「くそっ！　どこ行きやがった！」

「この森に入ったのは間違いない！」

「くまなく捜せ！　最悪こんな森燃やしたっていい！」

知千佳たちが逃げ込んだ森には、人がごった返していた。

知千佳たちを追って港街の人々がやってきたのだ。追っ手の構成は多種多様だった。兵士はもちろん、商人や船乗りなどの街の人々が、さらには荒事などしたこともなさそうな女子供までが夜霧たちを捜して血眼になっている。

知千佳たちは樹上にいた。

追っ手の気配を感じて、慌てて樹に登ったのだ。

幸い、ルーの念動力があるので移動自体は簡単だった。

高遠夜霧、壇ノ浦知千佳、もこもこの入っている槐、花川大門、賢者の石が幼女になったルー、キャロル・S・レーン、二宮諒子、リズリーの八名が枝葉の中に隠れていた。

「これは……無茶苦茶まずい事態だね……」

知千佳はこれまでも散々に戦ってきたので、敵意を向けられることにはそれなりに慣れている。だが、ここまであからさまな憎悪に満ちた敵意を向けられるのは初めての経験だった。

「あいつら、空を飛んでたぞ。樹上にも気をつけろ！」

追っ手たちが空を見上げる。知千佳と目が合った。

「ひゃっ！　見つか……ってない？」

確かに追っ手の視線は知千佳たちのいる場所に向けられているのだが、知千佳がいることには気付いていないようだった。

「大丈夫だよ！　ニンジャ結界を張ってるから」

キャロルが事もなげに言った。

「なんなの、その安易な感じの技！」

何かをしたようにも思えなかったが、いつの間にかそんな技を使っていたらしい。

対抗するスキルなどもあるかもしれないが、とりあえず急場は凌《しの》げそうだと知千佳は考えた。

「さすがに高遠殿も、追ってくる者は皆殺しの情け無用の残虐ファイターというわけではなかったのでござるね！」

「今は逃げられたからいいけど、攻撃してきたら反撃するしかないけどね」

相手がただの街の人たちだとしても、襲ってきたら返り討ちにするのは仕方がないだろうとは知千佳も思っていた。

「さて。追われてる状況で気が気ではないってところかもしれないけど、とりあえずは大丈夫そうだから話でもしよっか」

キャロルが言うが、知千佳は少しばかり気まずかった。

なにせ知千佳たちは、キャロルたちには何も言わずにこっそりと出てきたからだ。

その時点で、知千佳と夜霧だけで元の世界に帰るつもりだったということになるし、彼女らがどこで野垂れ死にしようが構わないという立場を取ったことになる。

夜霧はあっさりとそう決断したようだが、知千佳はさすがにそこまで割り切れてはいなかった。

「な、なんですかね？」

「ねえ。協力しない？　今わけわかんなくて困ってるでしょ？　私らも全てわかってるとは言わないけど、それなりには調べたからさ」

キャロルが提案してきた。

「協力はいいとして、何について？」

夜霧はたいしてわだかまりがないのか、あっさりと訊き返した。

「私らも高遠くんに同行させてほしい。そして、元の世界に帰れるなら一緒に帰りたいってことで、帰還に関しての協力かな」

「キャロルと二宮さんはそれでいいけど、リズリーは？」

彼女たちはなぜか一緒にいるが、それぞれで行動方針が異なるはずだ。

「あ、その……私もついていきたいんですが……駄目でしょうか」

「どう考えたらいいんだ？　君らはひとまとめってことでいいの？」

「そうだねぇ。さすがにリズリーちゃんだけほっぽりだすってわけにもいかないし、そう考えてくれたていいよ」

「……わかった。このままじゃどうしようもなさそうだし」

夜霧は不承不承という態度だったが、協力体制を取ることを受け入れた。

＊＊＊＊＊

「と、こんな感じのことがあったわけよ！」

キャロルが、知千佳たちと別れた後の話をした。

簡単にまとめると、レインが残した転移装置を使ってこの島までやってきたが、そこで化物と遭遇して逃げてきたということになる。

「え？　それ、エウフェミアさん置いてきちゃってるけど、大丈夫なの!?」

知千佳は心配になった。

聞いた話ではかなり危険な場所に置いてきたようにしか思えなかったのだ。

「大丈夫かはわかんないけど、リズリーの安全が最優先！　って決意を感じたからそれを汲んでみたって感じよね」

「まあ、吸血鬼の頂点らしいし、そう簡単にはやられないのかもしれないけど……」

「で。港街に着いたら、街中に高遠くんたちのポスターが貼ってあったわけね。何があったのかとニンジャの諜報能力を駆使して調べてみたら、マルナリルナ教が指名手配してたわけ」

「マルナリルナ教って大規模な宗教なの？」

マルナリルナ教についてなんとなくでしかわかっていない夜霧が、キャロルに確認した。

「この世界で二番目の勢力の宗教団体だね。どの街にも満遍なく信者がいるよ」

「ということは……まともに表を歩けないってこと？」

「裏も駄目だろうねぇ。闇の世界の住人でもマルナリルナ教の信徒って奴は結構いるし、見つけたとか、捕まえたとか、殺したとかで賞金が出るから。彼らはガチで本気。マルナリルナ教の全てを駆使して高遠くんたちを始末するつもりでいるってこと」

「なるほど。じゃあ船で大陸に向かうって案は……」

「難しいんじゃないかな」

「じゃあどうすんの！」

「どうしよう？」

夜霧にもアイデアはないようで訊き返してきた。

まともな手段で船は使えないだろうし、ルーの能力では大陸までは持ちそうにない。

「密航はどうでござるかね。ニンジャの力でどうにかならんでござるか？」

「いやー、森の中に人よけの結界を張るのと、大勢の人がいる船の中に隠れ潜むのとはわけが違うからねぇ」

「そうだな。それなりの大きさの船をどうにか用意できればなんとかなるのではないか？　空を飛び続けるのはルーもしんどいであろうが、海に浮かぶ船を念動で動かすのなら、疲れたら休めばよいわけだし」

もこもこが言う。

今のところ、顔がばれているのは夜霧と知千佳だけのようなので、キャロルたちに協力してもらえれば船を手に入れることができるかもしれなかった。

幸い財産だけはあるので、船と数日分の食料を調達するぐらいならどうにでもなりそうだ。

「あのー。ちょっといいですか？」

ここまで黙って話を聞いていたリズリーが割り込んできた。

「エウフェミアさんを助けにいきませんか？　夜霧さんの力があれば……」

「それは協力のうちに入るの？」

「なんという冷ややかさでござるか高遠殿！　はぐれた仲間を見捨てるつもりでござるか！」

「仲間って言われても……それほど親しくもないし……」

「いやいやいや！　拙者はちらっとしか見たことはありませんが、吸血鬼の頂点に立つ絶世の美女とかでござるよね！　そーゆーのをちょくちょく助けて知らず知らずのうちにフラグを立てていくものでござろうが！　もうちょっと主人公ムーブをしてもらえないでござるかね!?」

「あ、その、エウフェミアさんがライバルになるとかは困るんですが……」

リズリーがもじもじしている。

知千佳は、リズリーが初対面で夜霧に結婚を申し込んだことを思い出した。

「ちょっと！　パパは私のなんだから！」

すると、ルーがリズリーの前に立って睨み付けた。

リズリーの思いをルーが感じ取ったのだろう。

「え？　あの……この子は……」

「ルーだよ。リズリーからもらった賢者の石が他の石とくっついてこうなった」

「何がどうなってるんですか!?」

「さあ？」

夜霧が首を傾げる。

知千佳もなんとなくそういうものかと流されてはいるが、不思議な存在であるのは間違いない。

「かぁあああ！　ルーたんも、リズリーたんも高遠殿にほの字ですか！　まったくもってけしからんですな！　なんなんでござるか、このロリコンハーレムは！」

「いやあ。この年齢だとペドだよね。どの世界でも犯罪っぽいよ？　ハーレムなら私らにしとかない？」

「あの、私を入れないでもらえますか？　任務とはいえ、そこまでする気はないんですが。そもそもさりげなく高遠さんの近くにいるのが任務であって……」

諒子が不服そうに言った。

「あの！　話を戻しますが、エウフェミアさんを助けるのは、高遠さんの目的にとっても悪くないことだと思うんです。エウフェミアさんがいれば、転移装置が使えますから、別の大陸にも行けるはずなんですよ！」

「そうなの？」

「はい。主要都市の近くに転移装置が用意してあるとのことでした。なので行けるはずなんです」

「さっきの話だと、レインが作った転移装置なんだよね。それはリズリーには使えないの？」

「私、自慢じゃないですがなんの力もないんです！　あの装置は魔法とか使えないと駄目な感じでしたし、使い方もわかりません！」

「なるほどな。そういうことなら助ける価値はあるのか？」

「ふむ……密航するなり、船を用意するなりにもリスクは伴う。それが転移装置一つで済むのなら結構なことだ。もちろん、転移にもリスクはあるやもしれんが、選択肢の一つに入れておくのは悪い話ではなかろう」

今から、キャロルたちに移動手段を確保してもらって長い時間をかけて海を渡るか、エウフェミアを確保して転移装置で大陸に向かうか。

「じゃあ、キャロルたちは船で移動する準備をしといてもらえるかな。俺たちはエウフェミアさんを助けにいくってことで」

ならば両方に対応しておけばいい。

この島を脱出する手段を複数確保できれば、うまくいく可能性も上がるだろう。

「しかしエウフェミア殿がどちらにいるのかはわからないのでは？」

「帝都近くの地下遺跡で別れたんだから、そのあたりから捜すしかないだろうな。花川はどうすんの？」

「うう……拙者は顔バレしてないですので、高遠殿たちと行動を共にしないほうがましなような気も……万が一にも高遠殿の仲間と認識されてしまったら、世界中に信者のいる宗教を敵に回してしまうわけでもうどこに行っても平穏に過ごすことはできないでござるし……。いや、元の世界に帰るのなら一蓮托生で構わないのですが、もしかしてこちらでハーレムを築くなどできた場合、まともに生活できる可能性がゼロになってしまうわけで……それならばいっそここで別れてしまって、こちらの世界で拙者をちやほやしてくれる美少女を探したほうが……」

「ま、俺たちが出発する前に決めてくれよ」

夜霧は、悩んでいる花川は放っておくことにしたようだ。

「遺跡ってどこなの？」

「ここから西のほうの森の地下。帝都の近くだからすぐにわかるんじゃない？」

知千佳は空を飛んでここに来るまでの光景を思い出した。

化物が襲っていたのが帝都だろうし、近くに森もあったはずだ。

「で、ここからどうやって向かうの？」

「空を飛んでも……見つかりそうだな」

夜霧が下を見ている。

追っ手たちは、油断なく森の上部をも確認していた。追っ手はさらに増えているので、キャロルのニンジャ結界から離れてしまえば、すぐに見つかってしまうだろう。

いきなり襲われたのなら殺すのも仕方がないと思っているが、この状況で殺しながら進むべきではないと知千佳は思っていた。

「しばらくこのまま待っとくか。ここに人の気配がないとわかったら、もう森を出ていったと判断して別の場所にいくでしょ」

「そういや、この結界を張ったまま動くってのは無理なの？」

知千佳がキャロルに訊いた。それができるのなら安全に脱出できると思ったのだ。

「無理。私一人なら気配を消して動けるスキルもあるけど、ニンジャ結界は場所固定だからねー」

「……いや？　同行していても顔を隠すなどしていれば万が一の場合にも拙者とばれないのでは

……謎のヒーラーXとして活躍してですね、美少女がピンチに陥った時にちらっと正体をばらしたり……」

花川はまだ今後の行動を決めかねていた。

「この人たち諦めてくれるのかな……」

彼らは仕方なくやらされている雰囲気ではなかった。

全員が必死になって、神敵を討つべく捜索しているのだ。

この場は凌げたとしても、どこまでもこんな調子で追ってこられてはたまったものではない。

知千佳が憂鬱な気分になっていると、下の様子に変化があった。

「な、なんだ！」

「わからん！　いったい何が！」

追っ手たちが口々に言い合っている。

怯《おび》え、焦り、困惑。

そんな気配が、追っ手たちの間に漂っているのだ。

追っ手たちは皆、同じ方向を見ていた。

知千佳もそちらへと目を向ける。

彼らに見えていたものが、しばらくして見えてきた。

全身に刃を生やした、黒い人型の何か。それが、ゆっくりとこちらのほうへとやってきたのだ。

「うわあああああ!」

あるいは、何もせずただじっとしていればよかったのかもしれない。

だが、追っ手の一人は武器を振りかざし、それへと突っ込んでいった。

それの放つ鬼気迫る気配を前にして、動かずにはいられなかったのだろう。

結果は、火を見るより明らかだった。

それが腕を振るう。

腕から生えた禍々《まがまが》しいまでに鋭い刃は、突っ込んできた男をあっさりと両断した。

こんな事態ともなれば、いくら信仰心の篤い者たちであっても捜索の続行は不可能だろう。

彼らは、蜘蛛の子を散らすように逃げ出した。

「あれ……塔で見た奴だよね……」

「地下から上ってきて女神を殺した奴か」

聖王の騎士の試練を受けた塔での出来事だ。

地下に行こうと階段を下りていたが、いつまで経っても下層へと辿り着くことができなかった。

どうしたものかと思っていたところ、循環する空間を切り裂いて身体中に刃を生やした黒い化物が現れたのだ。

その化物は、上層部へと向かっていき、女神を殺した。

そして、何処かへと去っていったのだ。

「なんだってまたこんな所に――」

「ルオォオオオオオオオオオオォ！」

化物が咆哮した。

――これって……。

塔での時もそうだった。化物が叫び、空間が切り裂かれたのだ。そして、それはこの場面でも同様だった。

空間が音を立てて割れる。

知千佳は、その現象をそのように捉えていた。

「オー！　ニンジャ結界が！」

知千佳たちを取り囲んでいた不可視の壁。それが意味をなさなくなったことはこの場にいる誰にでもわかっただろう。

化物が、知千佳たちへ顔を向けた。

それの顔には赤い光点が二つ灯っている。おそらくは目だ。それは、間違いなく知千佳たちを見つめていた。

その顔は仮面のようなもので、表情を変えたりはしないのだろう。だが、知千佳にはそれが嗤《わら》っているように見えた。

「高遠く――」

知千佳が呼びかけるよりも先に、それは動いていた。
それの刃は空間をも断ち切るのだ。樹上ぐらいは当然攻撃範囲内だろう。
全てを断ち切る剣風が知千佳の横を駆け抜けた。
攻撃を放てたということは、夜霧はそれを殺してはいないのだ。
そして、それは夜霧と知千佳が狙われたのではないということを意味していた。
では、誰が。
知千佳は、振り向いた。
ルーが、左右に真っ二つになっていた。

10話　幕間　夜霧くんについては悪いけどしばらくはそのままかな

「世界中の信者さんの枕元に立ってみましたよ！」

「絵姿とかの提供もしてみましたよ！　これで信者さん以外にも情報はばっちりです！」

「賞金もかけておくように言っておきましたから、世界中の人たちがあの二人を追いかけ回すはずです！」

「暗殺依頼は失敗ですのよ」

「一京クレジットも払ったのに？　大損なのですわ！」

「いえいえ。成功報酬なので、損失はありませんわ！」

「母神様のほうはどうなったのかしら！　降龍《こうりゅう》ってのぶち殺していただけたのかしら！」

「帰ってしまわれたのです。不可解なのです」

「まあ、やれることはだいたいやりましたので、後は世界の核へゴーなのです！」

それらは天使と呼ばれていた。

マルナリルルナが作りだした、マルナリルルナの意思を体現する忠実な下僕たちだ。

だが、天使たちは、ほとんど暴走状態になっている。

マルナリルナが死んだ今、それらに命令する者はいない。なので天使たちは、マルナリルナの意思を勝手に想像し、勝手に実現しようとしているのだ。

マルナリルナは何事においても適当な神だった。

手下である天使たちにも、その性質は存分に受け継がれているのだ。

天使たちは、世界の中心へと向かっていた。

そこにこの世界の全てを制御するための核が存在しているのだ。

世界の中心は、人々が生活し活動するレイヤーとは別の階層に存在している。

別次元、別空間とも言える場所にあり、天使たちはそこへ向かおうとしているのだ。

天使たちには、そこが光の大海に見えていた。

そこに流れがあり、道のようになっていて、核へと繋がっているのだ。

世界に関する設定は神の座からでも行うことはできるが、世界全体に影響のある重要な設定変更については直接核に出向かなければならない。

当然、核に至るにはいくつものセキュリティゲートを通過する必要があった。幾重にも重ねられた防壁を突破しなければ、核に触れることはできないのだ。

「あら？　通過できますわね？」

「核のセキュリティの変更まで気が回っていないのかな？」

ゲートは、天使たちを通過させた。

天使たちが持つ権限で、通過可能なままになっていたのだ。

「自爆したら、壊せるかなって思ってたけど、助かったね！」

当然、なんのリスクもなしに核に至れるとは思っていなかった。

大勢でやってきたのもそのためだ。何人かが犠牲になれば、核まで到達できると考えていたのだ。

「幸先がいいのでこのまま行っちゃいましょう！」

そのまままいくつものゲートを通過していく。

やはり、権限関連の設定は変更されていないようだった。天使たちはゲートに異物とは認識されていないのだ。

無数のゲートを越え、天使たちは核の直前に辿り着いた。

そこには最後のゲートがある。

ゲートの向こうに強大な輝きがあった。この世界の情報と力が凝縮された、この世界そのものとさえいえるほどのエネルギーの塊だ。

「あー。やっぱりここは私たちの権限じゃ通れないのかー」

「んー？　だったらここまでだって通れるのおかしくない？」

「てか、誰かここまで来たことある人ー！」

「なーい」

「ないでーす」

「ないですわ！」

「ないのー！」

「ということは、みんなここまで来るのは初めてかぁ」

「じゃあ、じゃんけんね！　勝った人がつっこんでゲートを爆破！」

「さすがに、セキュリティをそのままにしておくわけがないよね？」

天使たちは、一斉に声がしたほうを見た。

ゲートの前に少年が浮かんでいた。

この世界の新たな神、降龍だ。

「あぁ！　どういうつもりですか！」

「どうもこうも。こうだよ」

降龍が軽く手を振る。

そこから発せられた衝撃波が、天使たちの半分を消滅させた。

天使たちは慌てて逃げ出したが、通過してきたはずのゲートに阻まれた。

「くぅっ！　狡猾な罠を！」

「狡猾も何も……ずんずん突き進んでくるものだから、何か手があるのかと思って警戒したぐらいなんだけど……。まさかそんなことはないだろうと思ってたけど、君たち、何も考えてなかったんだね？」

「マルナリルナ様っ！　万歳！」

一人が自爆した。

ゲートが半壊し、すきまができる。残りの天使たちはそこから逃げ出した。

だが、その先のゲートも閉まっている。

「そのまま自爆し続けるのなら僕が手を下すまでもないんだけど……まあ、ゲートを修復するのも手間だしね」

それが、天使たちが最後に聞いた言葉になった。

＊＊＊＊

「まさかここまで単純な奴らだとはね」

マルナリルナが残した天使がうろうろとしているのは知っていた。

見かけた者は始末していたが、彼女らは世界中に散らばっている。どうしたものかと思っていると、群れを作って核を目指しはじめた。

そこで、奥まで誘い込んで一網打尽にしようと考えたのだ。

「さて。何やら企んではいたようだけど……夜霧くんについては悪いけどしばらくはそのままか

な」


天使たちが、高遠夜霧は神敵であると世界中の信者に神託を下していた。

こうなっては彼らは止まらないだろう。

降龍が新たな神になったとはいえ、マルナリルナの信者をそのまま奪えるわけではない。

降龍がこの世界の神としての地位を築いていくには、地道な活動が必要なのだ。今の降龍では、マルナリルナの信者たちを操ることはできなかった。

「おや。核に動きが見られる……オメガブレイドが復活したのか」

オメガブレイドは核に直接アクセスすることができる、裏口の鍵のようなものだった。

神としての権限をもっていなくとも、この世界の事象に自由に干渉することができるのだ。

「そのまま眠っていてくれれば楽だったんだけど……まあそっちもしばらくは様子見かな」

オメガブレイドの力は絶大だ。

だが、絶大であり広範囲に作用する力であるからこそ、降龍は見守る気になった。

力が強大であればあるほど、使用者が増長するほどに高遠夜霧に干渉してしまう可能性が高くなるのだ。

いずれ、強者はこの世界から一掃される。

降龍は、ただそれを待つことにしたのだった。

ACT 2

11話　一見手抜きに見えるというか、実際手抜きでしょうなぁという感じの高速戦闘でござるな！

左右に分かれたルーの身体が地面に向かって落ちていく。

知千佳はその光景を呆然と見ていた。何をすることもできなかったのだ。

「あ……」

ルーが地面に落ちて跳ね、知千佳はようやく気を取り直した。

「真っ二つだけどたいして血は出てないな」

落ちたルーを見て夜霧が言う。

いきなりのことで混乱していた知千佳だが、確かにおかしいと気付いた。

縦に真っ二つになっているのだ。普通なら大量の血と臓物をぶちまけるはずだが、そんなことにはなっていない。

落ちたルーの断面は蠢いていた。盛り上がり、傷口を塞ぎ、命をつなぎ止めようとしているのだ。

「愛娘が真っ二つになったというのにやけに冷静でござるな！」

「娘じゃないだろ。なんかよくわかんない奴だ」

「あの愛らしい見た目の幼女を、なんかよくわかんない奴で片付けられる高遠殿はさすがですな！　別にしびれもあこがれもしないでござるが！」

「で、どうしたもんかな。あいつの狙いはルーのようだったけど」

あの化物は適当に攻撃したわけではないだろう。ルーを狙って攻撃したのだ。

「キャロルは何か知ってる？」

「いやあ。さすがにあんな奴のことは知らないけど……ルーちゃんは女神なんでしょ。単純に考えれば、そのあたりに原因がありそうな？」

「拙者はあいつを見たことがあるでござるよ！　峡谷でアオイ殿と行動を共にしていた時に襲われたのでござる！」

「へぇ。よく無事だったな。撃退したの？」

「いえ。土下座してたらどこかにいったのですが！　その時は金色のドラゴンを殺しておりましたな！　塔では女神を殺していたということですし、神聖な存在を殺して回っているとかでござるかね」

「ドラゴンってゴールデンサンダードラゴン!?」

「ああ、見た感じはそんな雰囲気でしたな。知ってるでござるか？」

知千佳は峡谷で出会った、稲光を纏い黄金に輝く竜のことを思い出した。

その竜が知千佳たちを剣聖の試練へ誘ったのだ。

剣聖に会えば峡谷を抜ける方法を教えるとのことだったが、他の者から地図を得られたので再会することなく王都へと向かったのだ。

いろいろとあって剣聖が死んでしまったので顔を合わせづらかったのだが、まさかすでに死んでいたとは思ってもいなかった。

「知ってることは知ってるんだけど……女の子の姿になったとこ見てるから、ちょっと複雑な気分だね……」

「はぁ!?　そんなところにまでハーレム要員が出てくるとは、高遠殿はどーゆー運命のもとにいるんでござるかね！」

「まあ……なにかと女の子は関わってくるよね……」

思い返してみると、女の姿をしたものが関わってくる比率がやけに高いような気がしてきた。

「しかし、あやつ、前に見た時とは何か違いますな……ああ！　右腕がないようでござるが」

全身から刃物を生やした人型の化物。

知千佳は漠然とそう捉えていたのだが、言われてみればそれには右腕がない。肩のあたりから千切れたようになっているのだ。

「ドラゴンに女神に賢者の石が変化したルーか。そんな特殊な奴らを殺して回ってるのなら、ただの人間の俺らはあいつの対象外かな?」

夜霧がただの人間なのかは異論があるところだが、少なくとも見た目がただの人間なのは確かだった。

「でも、賢者の石が目当てなら、これからもあいつが襲ってくるんじゃ」

知千佳は先のことを心配した。

賢者の石を入手したとして、また化物がやってくるのでは面倒なことになる。

ならば、ここで刃の化物を始末するのも選択肢の一つではないかと思ったのだ。

「けど……高遠くんは、専守防衛って感じだし、敵討ちってタイプでもないし、将来的に邪魔になりそうだから殺そうとは考えないでしょ？」

キャロルが言う。

「身を守る以外で力を使ってもらいたくないというのが私の本音です。高遠さんが曖昧な基準で力を使いはじめれば、これまでの計画が全て瓦解することでしょう」

諒子は、積極的に攻撃することは反対のようだった。

「その。ルーちゃんの念動力が使えなくなるなら、エウフェミアさんを捜すほうに注力するしか」

リズリーは、意外に自分勝手な意見を述べた。

「あんたら冷たいですな！　助けないんでござるか!?　まだ生きてるっぽいんですが！　このままだと止《とど》めを刺されてしまうでござるよ！」

二つに分かれたルーは、まだ動いていた。分かれたそれぞれの身体が、一つになろうと少しずつ動いているのだ。

「じゃあ、花川が行けば？」

「うう……それ、ヒーローの物言いではないでござるよね！　といいますかですね！　ルーたんが死んでしまったら、高遠殿たちの帰還計画にとっても不利でしょうが！」

「ふむ……だが、まだ止めを刺されていないのはおかしいのではないか？」

もこもこが疑念を呈する。

確かにおかしな状況だった。ルーは地面に落ちて蠢いているだけなのだ。化物の力があれば簡単に細切れにすることができるだろう。

だが、知千佳たちが樹上であれこれ言い合っているというのに、化物はルーへの一撃を繰り出して以降は動きを止めていた。

化物はルーを見ていなかった。あらぬ方向へと顔を向けているのだ。

その先に何かがいる。

知千佳はその何かを確認するべく視線を向けた。

髪の長い、派手な格好の女が歩いてきていた。

「やっと追いついたで。よくもまぁ好き放題にやってくれよったな！」

女はあからさまに怒りを露わにしていた。だが、化物は応えない。ただ、女を注視しているだけだ。

「おかん！　まだ生きとるか！　生きとるな!?　ギリギリやないかい。ようやく見つけたと思ったら死にかけてるってなんやねん！」

　女がずかずかと化物へと向かって歩いていく。

　二者の間に樹上からでは計り知れない攻防があったのかもしれないが、知千佳には無造作に近づいたようにしか見えなかった。

「おらぁ！　これは真っ二つにされたポチの分やぁ！」

　女があからさまに拳を振りかぶり振り下ろす。相手の全身が刃だらけなことなどお構いなしに、力任せに殴りつけたのだ。

　女の拳が化物の頭部に炸裂する。だが、同時に化物の左手が女の頬を掠《かす》めていた。顔の真ん中めがけて繰り出された抜き手を、女が首を振って躱《かわ》したのだ。

「これは！　真っ二つにされたおかんの分やぁ！　ってお前なんでもかんでも真っ二つにしすぎやろ！　ワンパターンやねん！」

　女の前蹴りが化物の腹を捉え、化物は吹き飛んだ。だが、次の瞬間に化物は女の背後に回り込んでいた。

　化物も攻撃を喰らってようやく本気になったのか、すさまじい速度で動きはじめたのだ。

　女が背後へと回し蹴りを繰り出したが、知千佳に見えていたのはそこまでだった。

　女と化物が、目にも留まらない速度で攻防を始めたからだ。

　地面が弾け、抉れ、木々が削れ、砕け、倒れていく。

いつの間にか、人知を超えた戦いがそこで繰り広げられていた。

「なんなの、この状況!?　いつの間にか勝手に戦いが始まってるんだけど！」

「あー。あれでござるね。アニメとかでよくある一見手抜きに見えるというか、実際手抜きでしょうなぁという感じの高速戦闘でござるな！　衝撃波のエフェクトしか見えないみたいな！」

「これ、俺たちはどうしたらいいんだよ……」

夜霧も途方に暮れているようだった。

「とりあえず、決着がつくまで見てるしかないかもねぇ」

「でござるね！　こんなのどうしようもないでござ――る？」

そのとき、花川が腰掛けていた枝が幹から切り離された。

攻撃の余波が、樹上にまで届いたのだ。

「ぎゃあああああ！」

花川が悲鳴をあげながら落ち、あっという間に地面に激突した。

「これ。もう下りて逃げたほうがいいんじゃないか？」

「だよね。追っ手もいなくなってるし」

「でも、どうやって下りればいいんだ？　俺、自力で下りられる気がしないんだけど」

ルーの力は使えそうにない。

知千佳には簡単なことだが、夜霧の身体能力では難しいだろう。

「冷静にそんなこと言ってないで拙者の心配もしていただきたいのですが！」

「花川は、魔法で回復できるんだろ？」

「そうでござるけど！」

「私が高遠くんを抱えて下りるよ」

「じゃあそれで」

知千佳は、夜霧の太ももを腕に載せ、腰に手を回し、枝の上に立ち上がった。

夜霧は知千佳の首に手を回す。いわゆるお姫様抱っこだ。

「なに、この安定感」

夜霧が感心していた。

「うむ。簡単そうに見えるが、下手くそがやるとお姫様抱っこも苦行に成り果てるからな」

「なんなんだ、お姫様抱っこして褒められてるこの状況」

お姫様抱っこはされる側のほうがいいと思う知千佳だったが、あまりのんびりもしていられない。

知千佳は、夜霧を抱きかかえたまま飛び降りた。

膝を使って衝撃を吸収。ほぼ無傷で着地に成功した。

諒子とキャロルも飛び降りてくる。彼女たちにとってもこの程度の高さは障害にならないようだ。

「どうするんでござる？　下りたはいいでござるが、下手に動けば攻撃に巻き込まれそうでござるが？」

「そうなったら攻撃した奴が死ぬだけだよ。あえて殺そうとは思わないけど、周りの被害を考えずに戦ってて俺らを巻き込むってのなら、相応の報いを受けるのは当然だろ」

「なるほど。高遠殿にぴったりとくっついて移動すればいいということですな！」

「花川にくっつかれんのはなんかやだけど、仕方がないな……」

夜霧が常時守っているのは夜霧自身と知千佳だけで、対象を無闇に増やすつもりはないらしい。

「あ、移動する前に少し試してみたいのでござるが。ルーたんが死んでないということでしたら、ヒールで治るかもしれないでござるよね？」

花川が真っ二つのルーに近づいた。

「ヒールでござる！」

花川が二つになったルーに触れて言う。

花川の回復魔法はそれだけで効果を発揮するようだ。

ルーの身体が輝き、一つになった。

「死ぬかと思った！」

上体を起こしたルーが吐き捨てるように言った。

「案外平気そうだ」

「全然平気じゃない！　きゃー！　花川が裸を見てる！　キモイ！」

当然、ルーの着ていた服も真っ二つになっていた。

「……さすがに拙者も三歳児ぐらいの幼女の裸を見てどうこう思ったりはしないのでござるが……治してあげたでござるのに……」

「とりあえずこれ着といてよ」

知千佳が荷物からシャツを取り出して渡すと、ルーはすぐにそれを身につけた。

「で、ルーはこの状況に心当たりは？」

「ないよ！　わけわかんない！」

「じゃあ、森を出るか。計画はさっき言ったやつで。俺たちはエウフェミアさんを捜しに。キャロルたちは街で船の調達とか。花川は好きにしてくれ」

「ちょい待てや！　おかんをどこに連れてくつもりや！」

この場を離れようとしたところで、派手な女が話しかけてきた。

気付けば、見えないほどの高速戦闘は終わっている。

派手な女と、刃の化物。二者は動きを止めてにらみあっているのだ。

「おかんってこの子？」

夜霧がルーを指さした。

「おかんってお母さんってこと？　って、なんであんな無理矢理な関西弁みたいな喋り方なの、あの人!?」

「そのあたりは翻訳機がニュアンスをくみ取ってそのように表現しておるのではないか？」

ギフトを得ていない夜霧と知千佳は、この世界の言葉を理解できない。

二人がこの世界の人々と会話できるのは、ハナブサの街で出会ったコンシェルジュのセレスティーナが用意してくれたマジックアイテムのおかげなのだ。

「そうや！　勝手につれてこうとすんなや！」

「知り合い？」

「え？　わかんないけど」

夜霧が確認すると、ルーはきょとんとした顔になっていた。

「知らないって言ってるけど？」

「いやいやいや！　そりゃないやろ！　こんだけ家を離れといて、まだ帰りとうないゆーんか!?」

ルーは知らないと言うが、向こうはずいぶんとなれなれしい様子だ。

もっとも、賢者の石が変化して自分が女神だと宣《のたま》う幼女の記憶は曖昧なものなので、女のほうが事情に詳しい可能性もあるだろう。

「この子、あんまり自分のことわかってないんだよ。何か知ってるなら教えてもらえると助かるんだけど。それはそうとして、ここは危ないから離れようと思って」

「だからちょっと待てって！　こんなんさっさと片付けるから！」

「え？　こんなに時間かけてぐだぐだやっておいて今さら片付けられるんですか!?」

知千佳は、反射的に思っていたことを言ってしまっていた。

「お前……可愛い顔の割にはゆーこときっついな！　こいつ前に会った時よりも強なってる気がするんや！　ええから待っとけって！　こいつを片付ける準備ができたとこなんやから！」

眼が、現れた。

地面に、樹木に、岩に、落ち葉に、水たまりに。無数の眼が現れて、化物を凝視したのだ。

その眼が、派手な女に属するものであろうことは直感的にわかる。

それは何があろうと見逃さないという鉄の意志の表れだった。

「もう逃げられへんからな！　前も同じようなことやって逃げられたような気がせんでもないけど、今度こそ間違いあらへん！」

女が、右腕を大きく回した。

下から後ろへと振り上げ、上から勢いよく振り下ろす。

一回、二回と同じように回しながら、女は化物へと近づいていった。

勢いをつけているのかもしれないが、あまりにもあからさまな攻撃の予告だ。こんなものは、少しでも戦いに慣れた相手であれば当たらないだろう。

だが、化物は細かく震えるだけで、それ以上の動きを見せなかった。

そこにどのような攻防があるのか。やはり知千佳にはわからない。

だが、無数の眼で睨みつけることになにかしらの意味があるのだろう。眼は、化物の動きを封じているのだ。

「死にさらせ！」

回転していた腕をそのまま叩き付ける。

女の拳は真上から化物の頭頂部に激突し、化物は爆裂した。

化物の全身が砕け、無数のパーツに分かれて四方八方へと飛び散ったのだ。

「あぁっ！」

女は、その結果を予想していなかったのか、素っ頓狂な声をあげた。

化物の姿が消え去り、森は静寂を取り戻した。

「……終わったんですか？」

「あーその。勝ったようなもんとちゃうかな……。ほら、爆裂四散したってことは、私負けましたわぁってこと……やろ？」

「歯切れむっちゃわるいな！」

「殺しきれはせんかったけど、かなりダメージを与えた感触はあったし、バラバラになったゆーことはうちの勝ちやろ！」

「逃げられたんですね……」

「そう言っても過言ではないやろな！」

「結果はどうあれ、今のところは安全になったんでしょ？　だったら話を聞かせてくれないかな」

話が進まないと思ったのか、夜霧が訊いた。

「人間ごときに話を聞かせてやる義理は特にないんやけど、おかんが世話になってる感じやしな。ええやろ」

「おかんってことは、ルーはあんたの母親なの？」

「そやで。うちは娘なんや」

「えーと……どう見ても逆、ですよね？」

「なんでおかんがこんな姿になってるかまでは知らんがな！」

知千佳は、この人からまともな情報を得られるのか不安になってきた。

12話　本当にチートだな。無敵コードを使ったゲームプレイとか何が面白いんだって感じだよ

エルフの森の中にある洞窟。

重人はナビーによるオメガブレイドの説明を聞き、とりあえずの行動方針を定めた。

この世界で偉そうにしている賢者どもを叩き潰そうと思ったのだ。

「そうだな。じゃあまずは、この世界に俺たちを呼んだシオンって賢者からだ」

シオンはこの世界に重人たちを強制的に召喚して、無理難題を押しつけた女だ。賢者に復讐するのなら、まずはこの女からだろう。

「全能ってことは、シオンがどこにいるのかもわかるんだよな？」

「はい。おおよそは全知でもありますので、この世界の情報についても知ることができます」

そばにいる少女、ナビーが答える。

ナビーは、オメガブレイドが作り出した存在で、重人に様々なことを説明するために現れたのだ。

「おおよそ？」

「この世界の中のことであればほとんどのことを知ることができますが、例外はいくつかあります。

まず、全ての物事を同時に知ることはできません。知ることができるのは、焦点を合わせた対象についてのみです。重人様が複数の物事をいくつも同時に考えることのできる才能の持ち主であれば可能ではあるのですが」

「まあ聖徳太子《しょうとくたいし》じゃねぇからな、俺は。けど、俺を変化させることはできないのか？　複数の物事を同時に考えられるようにさ」

「自らの知能や思考に関わることは、オメガブレイドの対象外となっています。つまり賢くなりたいという願いは叶えられないということですね」

「自らの……ってことは他人を賢くはできるってことか」

「はい。それに意味があるかはわかりませんが。オメガブレイドを他人に預けて、重人様の思考能力を拡張するということも可能ですが、おすすめはできませんね」

「なんでだ。予《あらかじ》め絶対に逆らわないようにでもしておいてから、渡せばいいんじゃないのか？」

「オメガブレイドを手にした者は、あらゆる精神操作から解き放たれて自由な状態になります。ですので前にも言いましたように、オメガブレイドは絶対に他者に触れさせてはならないのです」

「いくつかって言ったよな。例外は他にもあるのか？」

「はい。この世界の外側からやってきた存在の心の内までは知ることができません。それと、この世界の中に別の世界を作れる者がいます。作られた世界の内を窺い知ることはできません」

「全能ってわりには制限多いよな……」

「おかしな言葉になりますが、完全な全能はありえませんからね。なんとなく全能と思っているよりも、限界や制限を意識しておいたほうがより効率よく力を使えますよ」

「まあいいわ。とりあえず今はシオンのことだな。オメガブレイド、シオンがどこにいるか知りたい」

オメガブレイドに呼びかけた場合にのみ、オメガブレイドは力を発揮する。

そのように設定しているため、明確に指示する必要があった。

「シオンはこの世界に存在していません」

「お前が答えるのかよ！」

「私はオメガブレイドの端末のようなものですから。言葉で返答できることでしたら私を介したほうが手っ取り早いじゃないですか」

「そりゃそうだが……いないってどういうことだよ？」

「可能性はいくつかあります。すでに死んでいる、この世界の外に移動した、別の世界を作ってその中にいる、などですね」

「いなくなるまでの記録はないのか？」

「あるとは思いますが、オメガブレイドにそう指示していただかないと」

融通が利かないが、そう設定したのは重人だった。

「じゃあこうしよう。オメガブレイド。ナビーへの質問はオメガブレイドへの質問だ。ナビーを通して回答を返してくれ」

　ナビーが目の前にいるのにいちいちオメガブレイドに呼びかけるのは混乱する。重人は設定を少し変更することにした。

「承知いたしました」

「ナビー。シオンがこの世界からいなくなる直前の行動記録を参照し、どこへ行ったのか推測してくれ」

　事細かに行動記録を開示されても判断に困る。ならば、その判断も含めて指示すればいいと重人は考えた。

「シオンはいなくなる直前に空間転移をしていますね。行き先は、マニー王国の王都、ヴァレリアの地下にある異空間。現地での通称は魔界です。この魔界は作られた世界であり、先ほど説明したようにオメガブレイドが直接力を発揮できる対象ではありません」

「行ったきりなのか？」

「はい。出てきた記録はありません。その後、魔界からは魔神の一部と思われる肉が溢れ出てきて、ヴァレリアは壊滅状態になっています。おそらくですが、この事件に巻き込まれて死亡した可能性が高いかと。確認するには魔界に赴いての調査が必要になりますが」

「……そこまでする必要もないか、シオンにこだわる必要もないしな。オメガブレイド、居場所のわかる賢者を教えてくれ」

「賢者ライザ、賢者アリス、賢者ゴロウザブロウ、賢者アケミ。以上四名の所在地が判明しています」

「それだけしかいないのか？」

「あくまで所在がわかるという条件での検索結果です」

「そーいや、賢者って一言で言ってるけど、定義ってあるのか？」

「はい。バトルソングのシステム上でクラスが賢者の者ですね」

「俺は預言者《オラクルマスター》の力を奪われたんだが、バトルソングのシステム上ではどうなってるんだ？」

「バトルソングはこの世界のルールに後付けされたシステムですね。オメガブレイドはこの世界の創世に使われた神剣であり、バトルソングを含めたこの世界のルール全てを管理することができるものです。つまり、今の重人様にとってはバトルソングなど取るに足らない存在であり、バトルソングからは解き放たれた状態です」

「全能だから勝てるつもりでいたけど、賢者が相手でも問題ないんだよな？」

「はい。いろいろと制限があるとは申しましたが、この世界で戦う限りは無敵と考えていただいて差し支えありません」

「シオンは空間転移したと言ってたな。それは俺にも可能か？」

「はい。この世界内でしたら。ただし異空間には許可なく入ることはできませんが」

「シオンはそこに転移したと言ってなかったか？」

「魔界については、転移拒否設定されていませんので、転移可能ですね。外から中を見られないだけです」

「いろいろと引っかかるものはあるが……転移って危険はないのか？　どんな風になるのか想像がつかないんだが」

「はい。ただ転移するということでしたら、自動的に安全に配慮した形で行います。ただ、一瞬で移動が完了しますので、初めての場合は驚かれるかもしれません」

「そうか。じゃあ転移の前にはカウントダウンしてくれ。心の準備をする」

「承知いたしました」

「オメガブレイド。賢者ライザのもとに転移してくれ」

ライザを選んだことにたいした意味はなかった。

ナビーが賢者の名前を列挙した中で、最初の名を選択しただけだ。

「ライザのすぐそばということではなく、十メートルほど離れた場所でよろしいですか？」

「細かいな」

「曖昧な指示を適当に解釈されても困るでしょう？」

「じゃあ、ちょっと待ってくれ。そのライザの周囲には人がいるのか？」

「おりますね」

「俺たちを透明化するぐらいはできるんだよな？」

「できますね」

「じゃあ透明化して転移だ。カウントダウン開始してくれ」

「では。5、4、3、2、1、転移開始」

途端に、周囲の様子が一変した。

確かにいきなりこれが起こったのでは混乱することだろう。

あたりは薄暗かった。

そこは石造りの建物の中であり、ところどころにランプが灯されている。

重人の目の前には鉄格子で作られた正方形の部屋があり、その中に何者かがうつ伏せに倒れていた。

鉄格子の部屋の周囲には衛兵らしき武装した男たちが立っていて、中の様子を見張っているようだった。

おそらくは鉄格子の中にいる者がライザなのだろう。

「なんだ、ここは……。ナビー、どうなってるんだ？」

賢者といえばこの世界では実質的な支配階級にある。

それが、なぜこんな薄汚く、陰気な場所に閉じ込められているのかがわからなかった。

「彼は失脚し閉じ込められました。力はほとんど失われていますが近づくことは危険なため、周囲に鉄格子を作り、さらにその外側に石造りの建物を建てたという経緯です」

ここは広場だったらしい。

倒れたライザを下手に動かすことができず、仕方なくその場を幽閉の場所にしたとのことだった。

「失脚って……こいつ、誰かに負けたのか？」

「はい。あなたのクラスメイトである高遠夜霧に敗れ去り、四肢を封じられ喋ることもできない状態になっています」

「は？　なぜここで高遠なんて奴の名前が出てくるんだよ!?」

重人は高遠夜霧についてはほとんど知らなかった。クラスでも目立たないし、積極的な性格でもなく、関わることなどなかったのだ。

それに、ギフトを得られなかったということでバスに置いていったはずだ。

「この世界に来る前からなんらかの力を持っていたようですね。詳細はわからないのですが、彼に関わった者は、彼の力を任意の対象を即死させるものだと認識しているようです」

「どういうことだよ……まあ、それはどうでもいいのか。とにかくこいつは腕試しの相手になんかならないってことだな」

高遠夜霧がどこで何をしていようと、重人にすればどうでもいいことだった。

「そうですね。何が相手でも同じことかとは思いますが、身動きができない相手ではなんの検証にもなりませんし」

「けどまあ、賢者は殺すと決めたんだ。こいつは殺すとして……どうしたものかな？」

なんでもできるらしいが、そうなるとどうやって殺すのか決めかねるのだった。

「ただ殺したいだけでしたら、そうオメガブレイドに指示すれば事足りますが」

「オメガブレイド。カウントダウンはいらない。あいつのすぐそばに転移だ」

すると、目前の光景が切り替わるように変化した。

鉄格子の中へ、ライザのすぐそばに移動できたのだ。

重人は、うつ伏せになっているライザを蹴り、仰向けにした。

ライザの身体が震えた。

それだけで衝撃波が発せられ、建物が揺れる。だが、彼にできるのはそれぐらいのようだった。

この建物は、ライザのあがきに耐えられるように作られているのだ。

「驚いた。ろくに動けなくてもこんなことができんのかよ」

重人は無傷だった。

危機が及んだ時には自動的に対応するように設定しているのだ。

オメガブレイドの自動対応により、衝撃波は無効化されたようだった。

「なんだ！　ライザが暴れてるぞ！」

「まだ諦めてねぇのかよ！　しつこい奴だ！」

「まさか、復活するんじゃねぇだろうな！」

「念のためだ。応援を呼べ！」

衛兵たちが慌てていた。

彼らも衝撃波には常に備えているし、鉄格子の部屋は余裕を持った大きさになっている。

ほとんど身動きできない男が身体を震わせるだけでは、十分に距離をとって見張っている衛兵たちにダメージを与えることはできなかった。

近づけば危ないが、それなりに離れていれば問題はない。彼らは、ライザが死ぬまでこうやっているつもりなのだ。

「オメガブレイド、ライザを殺せ」

一言。

そう指示しただけであがきは止まり、ライザは動かなくなった。

重人はライザを蹴りつけた。その巨体が力なく揺れる。重人は、ライザが死んだのだと確信できた。

重人がライザのそばに寄ったのは、結果を見たかったからだ。オメガブレイドが賢者に通用することを、自分の目で確認したかったのだ。

「殺せって言うだけで死ぬって、張り合いがないな」

「はい。オメガブレイドの所有者にとって戦いとはこのようなものです。全ての攻撃は無効化でき、殺そうと思うだけで敵は死ぬ。最強とはまさにこのことでしょう」

「本当にチートだな。無敵コードを使ったゲームプレイとか何が面白いんだって感じだよ」

「では賢者と戦うのはやめますか？」

「いや。つまんなかろうが、チェックリストを埋めていくのは多少の達成感はあるんじゃねぇかな。やりきることに意味がある。じゃあ、次は賢者アリスの所だ。転移してくれ」

賢者を殺すことになど意味はないのかもしれない。

だが、これは賢者を倒すためにこの世界で冒険してきた重人にとってのけじめだった。

13話　自称神とか魔神とか結構見てきてるので、今さら一人や二人増えても

キャロル、諒子、リズリーの三名は移動手段を確保するために街に向かった。

花川は、悩みに悩んだ末に夜霧たちと一緒にいるほうが安全だと判断したようだ。

ルーが真っ二つになったように夜霧の近くにいても安全が保証されるわけではないのだが、それでも夜霧のそばにいるほうが生き残れる可能性が高いと思ったのだろう。

なので森の中に残っているのは六名。

知千佳、夜霧、もこもこ、花川、ルー、そして突如現れた謎の女だ。

彼女たちは、車座になっていた。

「そもそもなんでうちのおかんがルーって呼ばれてんねん」

ルーを母親だという派手な女が疑問を呈した。

「自分のことが何もわからないって言うから、とりあえず名前を付けたんだよ。本当の名前があるならそれで呼ぶけど？」

「おかんの名前か？　それは――」

「やめて！　私はルー！　パパが付けてくれたんだからそれでいいの！」

「パパぁ？　こいつがか？　どういうことやねん。ほんなら、こいつはうちの爺さんゆーことになるやんけ」

「刷り込みみたいなもんじゃないかな？　人間の姿になって最初に見たのが俺だったとか」

「まあおかんがそう言うならそれでええわ。そーいや自己紹介がまだやったな。うちはヒルコ。神や」

「はぁ」

　知千佳はため息をついた。またかと思ったのだ。

「なんやねん！　えっらい神様が降臨しとんのに、その煮え切らん態度は！」

「いえ、自称神とか魔神とか結構見てきてるので、今さら一人や二人増えてもって思って……」

「なめくさっとんな！　おかんが世話になってへんかったらいてこましてんぞ！」

「自己紹介」

「あぁ？」

「続けていい？」

　ヒルコはすごんでくるが、夜霧はどこまでもマイペースだった。

「ああ。途中やったな、そういや」

「俺は高遠夜霧。この世界には召喚されてやってきた。この世界の事情とかはよくわかってないから、ルーのこともよくわかってない」

「私は壇ノ浦知千佳。高遠くんと事情は似たようなもの」

「我は壇ノ浦もこもこだ。知千佳の守護霊といったところだが、今はこの人形を操っておる。ところでそのヒルコという名は我らの世界の日本神話と関係があるのか？」

「関係ないやろな。うちもよその世界からここにきたわけやけど、あんたらの雰囲気からしてうちの世界の住人とはちゃうやろし。まあ、うちらの存在を認識して勝手に崇めてた、なんてケースはあるかもしれんけどな」

「で、ルーは何者で、あんたは何しにきたんだ？　さっき戦ってた奴は？」

「質問は一つずつにせぇや。おかんはごっつえらい神や。出かけたっきりいつまで経っても帰ってこーへんからあちこち捜しとったんやけど、ようやくここで見つけたってわけや。さっき戦ってたんが何かは知らんけど、神の気配を感じたら片っ端から喧嘩売っとる感じやったな。優先順位から考えると、あいつもおかんを捜しとったんやろ」

「一気に答えてくれるんだ……」

ヒルコは、あの刃だらけの化物と別の場所で戦っていたが、突然化物が逃げ出したらしい。おそらくルーの気配を感じたからだろうとのことだった。

「あの、拙者の自己紹介は……」

「こいつは花川」

夜霧が手短かすぎる紹介を行った。

「それだけでござるか!?」

「だって、ほっといたらまた長ったらしい自己紹介を始めるんでしょ？　ぐふふとか、おうふとか、ふぉかぬぽうとか言ったりして」

「知千佳たんの偏見がひどいのでござる！　そんなこと実際に言うオタクなんておらんでござるよ！」

「え？　ござるって実際に言う人が目の前にいるんだけど……」

「それは！　取り立てて特徴のない拙者のせめてもの自己主張なのでござる！」

「無駄に大きくて存在感だけはあるから、十分に自己主張はできてると思うよ」

「知千佳たんが辛辣でござる……だから、気絶させとけば美少女なのに、とか言われるんでござるよ……」

「あの評判広めてたのあんたか!?」

この世界に来てから知ったのだが、知千佳は見た目だけならグラビアモデル級だとか、喋らなければ超高校級の美少女だとか、気絶させとけば海外でも通用するなどと言われていたようだった。

「で、ヒルコが来たことで俺たちの方針を変更する必要があるかなんだけど」

知千佳と夜霧の目標は元の世界に帰還することだ。

そのためには賢者の石が必要で、賢者のもとに行かねばならないのだが、この島からの脱出が難しい。

転移装置を使えば、賢者のいる大陸まで楽に移動できるのだが、そのためにはエウフェミアの協力が必要だ。

そのエウフェミアは現在行方不明なので、彼女を捜すために知千佳たちは帝都近辺に向かおうとしている。

これが現状で、夜霧はこの一連の方針を考え直す必要があると思っているようだ。

「ヒルコは俺たちが元の世界に帰れる方法について心当たりはないかな？」

「そんなん召喚した奴に訊けや」

「訊いたんだけどね。帰すことまで考えてなかったみたいなことを言われたよ」

「まあ、世界の位置関係からすると、喚ぶのは簡単でも、帰すのは難しいんやろな」

「ヒルコも元の世界に繋がってるみたいな感じ？」

自らこの世界にやってくるものは、元の世界へのつながりを保持しているようだった。

それを辿って元の世界に帰ることができるらしいのだ。

「そうやな。帰還方法を担保せずに来るわけないやろが」

「じゃあ、どうやってルーを連れて帰るんだよ？」

「あ」

ヒルコは、そこまでは考えていなかったようだ。

「まぁ……そのあたりはおうてから臨機応変に考えるつもりやったんや。おかんがどういうことになっとるかもわからんかったんやから」

「こういうことになってるよ」

「えーと……おかんは、これ、ちょびっとだけやんな？　他の部分は？」

「わかんない」

ヒルコが訊くと、ルーはあっさりと返した。今のルーはほとんど何も覚えていないに等しいのだ。

夜霧が、ルーがこうなった経緯について簡単に説明した。

「賢者ゆー奴らが、分割したおかんの一部分をそれぞれ持ってるわけや。で、封印しとった奴が死んだからおかんは部分的に元に戻ったと。まあ完全に元の姿に戻ったらどうにでもなるやろ」

「ルーってそんなにすごいの？」

「むちゃくちゃすごいっちゅーねん！　〝海〟全体をも統括しとる最高神やぞ！　ほんまやったらお前らみたいなもんが気軽に口利ける相手やあらへんねん！」

「じゃあ、そんなにすごいルーがなんでこんなことになってんだよ」

夜霧がルーを見つめる。

今のルーは三歳児ぐらいの姿で、とてもそんなすごい力を持つ存在とは思えなかった。

「知るかそんなもん！　こっちが知りたいわ！」

「けっきょく、この人に話を聞いてもあんまり事態は変わってないような……」

「んー。でも、ヒルコもすごい神だったりするんだろ？」

「あたりまえやろ。うちほどすごい奴はそうおらんで」

「だったら、ルーはヒルコに預けて、賢者の石も集めてもらって、ルーを完全体にしてもらったらいいんじゃないかな。で、俺たちは元に戻ったルーに元の世界に戻してもらう」

「ん？　その場合、私らがすることなくない!?」

「何もしなくていいならそのほうがいいんじゃないかな。ほら、俺たちが動くとマルナリルナ教に襲われるし」

「そうだよね。何もしなくていいのならそれにこしたことはない……？」

「お主ら……こんな重要事を人任せでいいのか、本当に……」

「もっとお二人には主人公的ムーブをしていただきたいのでござるが……肝心の部分を人任せってどうなんでござる！」

もこもこと花川が呆れていた。

確かに、ルーが元に戻れる保証はないし、元に戻ったルーが協力してくれるかもわからない。

そもそも、ルーを元に戻すのが正しい選択なのかもわからないのだ。

「おかんを元に戻さなあかんのは間違いない。けどな。その賢者の石か？　どこにあるやらそーゆーのはうちにはさっぱりなんやけど？」

「神ならどうにかならないの？」

「自分が管轄してる世界ならどうにでもなるけどな。よその世界でそれほど自由に力を振るえるわけやないで？」

「ということは？」

「そりゃーあれや。あんたらがおかんの身体を集めてくれるゆーならそれはこっちも楽な話やな？」

「どうなってるんでござる……！　分かたれた神の身体を集めるっていう重大イベントを、関係者がめんどくさがってまともに遂行しようとしていないのでござるが……？」

「じゃあ協力できないか？　元の姿に戻ったルーにすごい力があるのなら俺たちを元の世界に戻してもらいたい。ヒルコが力を貸してくれれば、賢者の石が簡単に集められるかもしれないだろ？」

「まぁそれがよさそうやな。うちはこの世界のことはあんまりよーわかってへんし。あんたらのほうが多少はましなんやろ。それに、おかんが懐いとるようやし、無下にはでけんわな」

「でも、協力って何してもらうの？」

「そうだな。とりあえず東の大陸につれてってもらうとか？　そーゆーのはできる？」

「それぐらいやったら朝飯前やな」

「神ともなれば転移とかできるのでござるのでしょうか？　漆黒の魔女とかって人はぽんぽん転移してきたのですが」

「転移は無理やな。うちはこの世界に無理矢理やってきたわけで、この世界で自由に転移する許可は得てないわけや。うち一人やったらどうにかなるかもしれんけど……まあ、そんな無理に転移とかせんでも、浮かしてつれてくぐらいは余裕やで」

花川が言っているのは、夜霧を殺すために刺客としてやってきた女のことだろう。

彼女は、神の依頼でやってきたわけだから、転移許可を得ていたのだ。

「レインの転移システムとかはどうなってんのかな？」

「それが何かは知らんけどこの世界の奴やったら、この世界のシステムを利用して可能な手段もあるやろ」

「ふむ。ヒルコに連れていってもらえるなら、エウフェミアを捜しにいく必要はなくなったのではないか？」

もこもこが言う。

確かにそのとおりだろう。転移装置を使わないのなら、エウフェミアは必要ではないのだ。

「それはリズリーたちと約束したことだし、他の手段が見つかったからって一方的に反故《ほご》にはできないだろ」

「おお……高遠殿のことですから、そんなの関係ねぇとばかりにいきなり大陸に向かうのかと思っておりましたでござるよ！」

「お前、俺をなんだと思ってんだよ」

「即死チートクソ野郎ですが何か？」

「花川くんすごいね……」

「いや、どうせ自分にその力が向けられることはないと高を括《くく》っておるだけだろう」

「エウフェミアやっけ？　そいつがなんかは知らんけど、見つけてからやないと賢者の石を探しにいかんのやろ？　せやったらさっさと行こうやないか」

ヒルコが言うと、六人の身体がふわりと浮き上がった。

その力は今のルーよりもはるかに強いものなのか、ゆらぎのようなものがまったくなかった。浮遊状態が安定しているのだ。

「じゃあ帝都のほうへ行ってくれ」

「お前……神が相手でもむっちゃえらそうやな！　普通はもうちょっと恐れおののいてかしこみかしこみもうすもんやぞ！」

六人は一瞬にして木々の上へと飛び上がり、夜霧が指さすほうへと飛びはじめた。

14話　アリスっていうから、水色のエプロンドレスでも着てるのかと思ったよ

重人が転移を命じると、カウントダウンの後に周囲の光景が一変した。

「ここはどこだ？」

重人はオメガブレイドに賢者アリスの所へと転移するように命じたが、すぐそばにそのアリスとやらがいる気配はない。

そこは長く、薄暗い廊下だった。

低い天井にはランプが並んでいて、ぼんやりとあたりを照らしている。

廊下の左右には、無数の扉が並んでいた。

先のほうは暗くなっていてはっきりしないが、この調子ならどこまでも扉が並んでいるのだろう。

「アリスのいる場所ですね」

オメガブレイドの説明係であるナビーが答えた。

「それはわかるが、すぐそばに転移できなかったのか？」

明確に、すぐそばに転移しろと命じたわけではなかったが、重人はどこか釈然としない気持ちに

なった。

「それは、ここが転移を拒絶する異空間だからですね。ここまでは許可があり、ここから先への許可がないのです」

「で。これは、この扉を一つ一つ開けて中を確認しろってことなのか？」

「面倒ということでしたら、異空間ごと押し潰すことも可能です。しょせんはこの世界によどむ泡沫《うたかた》のようなもの。力はこちらのほうが圧倒的に上であり、彼らはこそこそと暗がりに潜んでいるにすぎないのですから」

「中に入ったからオメガブレイドが使えなくなるなんてことはないよな？」

「はい。異空間とはいっても、大枠ではこの世界であることには違いありません。その空間内においての多少の優先権が相手にあるだけのことです」

「じゃあ、試しに行ってみるか」

今の重人にたいした目的はない。

賢者たちを倒すという目的も、それがこれまでにやってきたことの延長線上にあるというだけだ。

試すにしてももう少し慎重になればいいのだが、重人は厭世《えんせい》的になっていた。自分の生死についての興味が希薄になっているのだ。

重人は、適当に扉を選んで開き、中に入った。

中は明るかった。

屋外としか思えない明るさで、空を見上げれば太陽があたりを照らしている。

振り向けば、入ってきたはずの扉はなく、そこには草原が広がっていた。

「外に出たってわけじゃないんだよな？」

「はい。ここは賢者アリスが作り出した異空間の中です。これが彼女の特性ですね。賢者たちはそれぞれが得意とする特殊なスキルを持っていますから」

目の前にはゲートがあった。

巨大なアーチ状のゲートであり、左右には壁が続いている。扉に入ったと思ったら、さらに入り口があるのだ。

ゲートは煌びやかな装飾に彩られている。汚れ一つない白亜の壁はどこまでも続いているようだった。

「賢者が中のどのあたりにいるかとかは……聞かなくてもいいか。入ればわかるんだろ」

見たところ、壁やゲートは他者を拒絶するためのものではなさそうだ。

であるなら、アリスが隠れ潜んでいるということもないだろう。

重人はゲートをくぐり、中へと入った。

そこは、色鮮やかな世界だった。

自然に存在しているとは思えない色とりどりの木々が生え、これもまたカラフルで巨大なキノコが生えている。

石畳でできた大通りが真っ直ぐに延びていて、遠くに見える白く美しい城へと続いていた。

大通りの周囲には、童話にでも出てくるような可愛らしい建物が並んでいて、楽しげな音楽が流れている。

大通りでは、擬人化された動物たちが音楽に合わせて踊っていた。

「テーマパーク……といったところか」

そこは街という雰囲気ではなく、遊園地のような場所だった。

「アナザーキングダム。賢者アリスの力です」

「まあ素直に考えればあの城にいるんだろうな」

「調べますか?」

「いや、いい。別に急ぐことでもないしな」

重人は、通りを真っ直ぐに歩きはじめた。

すると、そこで奏でられているのは楽しげな音楽だけではないと気付いた。

悲鳴が入り交じっているのだ。

ここには、重人以外にも人がいるようだ。

どこにいるのかとあたりを見回せば、すぐに見つかった。

木々の隙間から垂れ下がり、踊る動物たちに踏みつけられ、通りの屋台で焼かれているのだ。

「こりゃまた……ずいぶんと悪趣味だな」

二足歩行の可愛らしい熊が歩いているが、その口元は血まみれになっていた。

風船らしきものを手にしていると思っていたが、それは人の生首のようだ。細い枝の先に、人の頭部を突き刺し、自慢げに練り歩いているのだ。

「ちくしょう！　なんなんだよ、ここは！　わけわかんねぇよ！」

逃げている男がいた。その背後には鉈《なた》を持ったパンダがいて、楽しげにスキップしながら男を追いかけている。

男は悠々と歩いている重人に気付き、方向を変えた。重人へと駆け寄ろうとしたのだ。

「助けて！　助けてくれ――」

だが、その男は重人のもとまで辿り着くことはできなかった。

一気に駆け寄ったパンダが、男の脳天に鉈を叩き付けたのだ。

男が倒れ、パンダがのしかかり、何度も鉈を振り下ろしていた。

重人は気にせず、惨劇の横を通り抜けた。

「びくびくしていなければ案外大丈夫なようだな」

「まだ入り口あたりのようですから、それほど本気でもないんでしょうね」

さらに奥に歩いていくと、アーチ状の橋があった。この中は運河でいくつかのエリアに分かれているようで、橋でエリア間が繋がれているらしい。

重人が橋を渡ると、周囲の雰囲気が変わった。

木々が増えて、見通しが悪くなったのだ。

そこは、森だった。

薄暗く、不穏な雰囲気に満ちた闇の森だ。

だが、大通りはそのまま城へと続いているようなので、重人はそのまま真っ直ぐに進んでいく。

ここでも悲鳴が聞こえていた。

ここにいるのは可愛らしくデフォルメされたぬいぐるみのようなものではなく、獣そのものだった。

巨大な狼が、鹿が、熊が人を喰っている。

ここにいる獣どもは積極的に人を襲うようになっているのだろう。重人に気付くと牙を剝き出して近づいてきた。

「オメガブレイド。攻撃は跳ね返せ」

危機には自動対応するように設定しているが、明示的に指定する。

飛びかかってきた狼が、見えない壁にぶちあたったかのように弾かれた。

狼の全身が歪《いびつ》に歪む。全身の骨が折れたのだ。

それでもまだ生きているようだが、重人にすればどうでもいいことだった。

襲ってきた狼は放っておいて先に進む。

次々に凶暴な獣が襲ってきたが、それらも皆同じ運命を辿った。

その牙や爪は重人に届くことはなく、見えない壁に弾き返されて致命傷を負ったのだ。

「楽だな」

「はい。どんな攻撃もオメガブレイドの前には無力でしょう」

「こんなんでいいのかと少し後ろめたくなってくるんだが」

「そのうち慣れてきて、これが当たり前になりますよ」

「剣なんて形をしてる割には、戦闘で振り回すようなもんじゃなかったんだな」

「はい。戦闘に関してはもう持っているだけで自動的に勝利しますからね。ですので誰かに勝つとか負けるとか、そんなことはどうでもよくなるのです。あとは、その全能の力を使って何を成すのか、というところに所有者の工夫が求められます」

「今のところ、何をしようってのはないな。とりあえず賢者を全て始末してから考えようとは思うけど」

「賢者を始末するのも、やりかた次第ではいちいち出向かなくてもよろしいのですが」

「さすがにそこまで手を抜くとな。手応えがなさすぎて」

オメガブレイドで手下を作って任せるなどやりようはいくらでもあるのだろう。

だが、重人は全ての賢者を目の前で始末するつもりでいた。

せめてその程度はしなくては、達成感がまるでないだろうからだ。

森の中を進んでいくと、また橋があった。

橋を渡ると、墓石らしきものが並んでいた。

石でできた十字架が、荒れた土地にいくつも突き刺さっている。

この世界では十字架は宗教的シンボルではないはずだった。ここが賢者アリスが作り上げた世界なら、アリスも別世界からやってきたのだろう。

このエリアは、死者が出迎えるという趣向のようだった。

骸骨が、全身が腐っている死体らしきものが蠢いているのだ。

だが、それらがどれほどの力を持っていようと、重人にはまるで通用しない。

近づいては撥《は》ね除《の》けられ、崩れ落ちては無理矢理結合して立ち上がり、また襲いかかってくるが、それらは一定距離以上には重人に近づけなかった。

不可視の壁が、それらの攻撃の全てを遮断しているのだ。

「こいつらどれぐらい強いんだろうな？」

「それなりに強いのでしょう。彼らは、賢者アリスを殺すためにやってきた者の成れの果てです。中には勇者などもいるようですよ。あなたの知る中ですと、ラグナの十倍ほどの強さがあるようですが」

「勇者ね。旅をしていたころは、どうしようもない強さにも思えたが……」

今となっては、その強さなど取るに足りないものとしか思えなかった。

墓地エリアを進んでいくと、巨大な城が迫ってきた。ここを抜ければ城に辿り着けるようだ。

橋にさしかかると、動く死者たちはそれ以上追ってこなかった。彼らは墓地エリア内しか動けないのだろう。

橋は城門へと繋がっている。

「オメガブレイド。城門を開け」

城門が閉ざされていたのかはわからない。だが、押し開くのも面倒だった重人はそう命じた。

城門はひとりでに内側へと開いた。

中は、絢爛豪華だった。光が差し込む、金と白で構成された空間だ。

遊園地も、この城も、アリスの想像によって作られているらしい。ならばこれが、アリスの想像するところの豪華なお城なのだろう。

重人はエントランスホールを進んでいった。真っ直ぐに進むと大階段があるのでそれを上っていき、その先にある巨大な扉をオメガブレイドに開けさせた。

そこが玉座の間なのだろう。

そこも、白と金がふんだんに使われている贅沢な空間だ。

入り口の正面、壇の上に玉座があり、そこに一人の少女が腰掛けている。

ピンク色のドレスを着た少女が、そこから重人を見下ろしていた。

彼女が賢者アリスであり、ここが悪趣味な遊園地の終点のようだった。

「へぇ。ここまでやってくる奴がいるのは久しぶりだわぁ」

重人は玉座の直前にまで進み、アリスを見上げた。

「アリスっていうから、水色のエプロンドレスでも着てるのかと思ったよ」

「ふしぎの国のアリスはプリンセスじゃないでしょ？」

どうやら、アリスはプリンセスを気取っているらしい。

「で、なんの用？　もしかして賢者なんてやっつけてやるぅって来たの？　たまにそーゆー奴いるけどさぁ。私、何か悪いことしてる？　まあ、ランダムにそこらの人をご招待してるのが気に入らない、勘弁してくれって人もいるだろうけどさぁ。そんなの、賢者に守ってもらってることに比べりゃたいしたことないじゃない。賢者がいなかったら、もっと死んでるよ？」

「お前ら賢者はなんだってそんなことをしてるんだ？　人を召喚して賢者になるようにけしかけたり、国を作って冒険者ごっこをしたり」

「え？　暇だからだけど？　こんなことでもしてないとやってられないって賢者なんてさ。けっきょくさぁ、賢者の娯楽って人間を使って遊ぶって方向にいくんだよねぇ。いろいろやってみた結果、最終的にはそこに行き着くの。それが一番面白いんだよ」

賢者のそんな物言いを聞けば怒る者もいるかもしれない。だが、重人はそんなものかと思っただけだ。

人から隔絶した力を得た者の暇潰しとは、そのようなものなのかもしれないと、素直に納得できてしまったのだ。

「ま、それはいいとして。賢者を殺しにきたんだが、勝負したりするのか？」

「いいよ。勝負しよっかぁ。けど、私と戦う前に近衛騎士団と戦ってもらわないとね！」

アリスがそう言うと、床に黒い染みが広がった。

そこから、何者かが這い出てくる。

「騎士団？　何人と戦えばいいんだよ」

「うーん。じゃあ四人にしようかなぁ。四天王じゃないけどさ」

アリスの宣言通り、騎士の姿をした者が四人出てきた。

「こいつらは何かすごいのか？」

「たいしたことはないよぉ。必中防御無視必殺攻撃ができて、無限の魔力を持ってて、不死身なぐらい？　まあ、勝てる奴は見たことないけどぉ」

「そうか」

「じゃあ、そいつらに勝てたら私が相手したげるよ。スタート！」

騎士の一人が、重人へと突っ込んできた。

何をしたのか、しようとしたのかはわからないが、騎士は真っ二つになって倒れた。

「へ？」

「必中じゃなかったな。で、必殺と不死身だと必殺のほうが勝るようだ」

おそらく騎士は、剣で攻撃してきたのだろう。オメガブレイドは、その攻撃をそのまま跳ね返し

たのだ。

必中で必殺の攻撃は、不死身の騎士を殺したようだった。

続いて騎士が潰れ、騎士が燃え、騎士がねじ切れた。

その動きは眼にも留まらないものなのだろう。重人には彼らが何をしたのかはまったくわからなかった。

だが、わかる必要もない。

攻撃はそのまま相手へと返っていくのだ。

「四人倒したぞ。さあ、相手をしろよ」

アリスの顔が驚愕に歪んでいる。重人は少しばかり、暗い喜びを覚えた。

絶対的に優位だと思っている相手が、その優位が通用しないことに気付き硬直する。その様にぞくりとするような快感を覚えたのだ。

「へ、へぇ。やるじゃない！　けれど！　ここは私の作り上げたアナザーキングダム！　私だけの王国なんだから！　この世界において私は無敵なのっ！」

途端に床が消え去った。

その下に広がるのは暗黒の虚無。

空間の狭間にでも放逐するつもりなのだろう。

これが攻撃なのかは微妙なところで、そのまま跳ね返すというわけにもいかない。

なので、重人は空中に留まった。心の中でオメガブレイドに指示を出したのだ。

天井が落ちてきたが、天井は粉みじんになり、虚無へと吸い込まれていった。

天井だけではなく、調度品が、柱が、武器が重人へと叩き付けられるが、その全ては見えない壁に押しとどめられた。

墓石が、土塊が、木々が、川の水が、骸が、獣どもが、パンダのぬいぐるみが、この世界を構成するありとあらゆるものが重人へと押し寄せた。

だが、それらは重人になんのダメージを与えることもできなかった。

気付けば、あたりには何もなくなっている。

ただ暗いだけの空間に、重人とナビーは浮いていた。

「……あいつ、逃げたのか？」

「逃げましたね」

「偉そうにしてたくせに逃げるんだな」

「追いますか？　どこへ行ったのかはわかりますが」

「……いや。あいつは後回しにしよう」

最後に見たアリスの怯えた顔を思い出す。

重人は、ようやくこの全能の力の楽しみ方がわかってきたような気がしていた。

15話　剣でなんでも斬れる能力の持ち主ですが、他の賢者に比べれば見劣りはしますね

アリスの能力はそれほど複雑なものではない。

自分が作り出した世界内では、思うがままに振る舞えるというだけのものだ。

つまり、自分の世界に引きこもっている限りは無敵だった。

当然、制限はある。この世界に他者を無理矢理引きずり込むことはできなかった。それができてしまえば本当に無敵なのだが、こういった能力のバランスとしては妥当なところなのだろう。

だが、隠れていれば無敵というだけでは退屈な能力だ。アリスとしてはそんなつまらないことをしたいわけではない。

そこで、世界中に入り口を作ることにした。

路地の暗がりに、洞窟の奥深くに、クローゼットの中に、あるはずのない廊下の突き当たりの扉に。

そうやって無数に入り口を作っておけば、迷い込んでくるものはかなりの数にのぼる。

アリスはそれらの訪問者を、ていねいにもてなし蹂躙《じゅうりん》していたのだ。

入り口の中にはあからさまなものも用意してあるので、迷い込んだ者を助けに、あるいは賢者を倒すべくやってくる者たちもいる。

わざわざやってくるぐらいなので、自信はあったのだろう。

だが、けっきょく彼らはアリスに弄ばれて終わるだけだった。

アリスを倒したいなら、アナザーキングダムに入ってはいけないのだ。

アリスとまともに戦いたいのなら、どうやって外に誘《おび》き出すかを考えるべきであって、ただ乗り込んでいくなど自殺行為でしかない。

なのでアリスは、その少年がアナザーキングダムに入ってきた時もいつもの間抜けな訪問者の一人だと思っただけだった。

ウェルカムエリアを突破し、森林エリアに辿り着いても、生きのいいのがいるなと思ったぐらいで、多少の興味が湧いたのは墓地エリアに辿り着いたところからだった。

墓地エリアからは途端に難易度が上がる。

そこには、これまでにアナザーキングダムに挑み、敗れた者たちが待ち構えているのだ。

つまり、これまでの挑戦者全てに打ち勝てる実力がなければ突破することはできない。

中には、勇者や魔神の眷属といった強力な存在も徘徊している。

アナザーキングダムは、時間が経つほどに、挑戦者が増えるほどにますます強くなっていくのだ。

だが、少年は墓地エリアですら容易く通過してきた。

さすがにここまでくると、これまでの挑戦者よりは見込みのある奴かと思えてくる。

少年は、鍵を使わずに城門を開いた。

本来なら、各エリアに存在する鍵を集めて初めて門が開く仕組みだったが、アリスにとってそれはそれほどこだわりのある仕掛けでもなかった。

少年が玉座の間へと入ってきて、アリスと対峙した。

アリスは少年について調べた。

ここまで強いのなら、どこかの賢者に連なる者かと思ったのだ。

少年はシオンの賢者候補で、三田寺重人という名だった。だが、賢者系統のギフトは失われていた。

賢者系統の能力であれば賢者はその詳細を知ることができる。なので賢者対策として、別系統のギフトを手に入れたのだろう。

少年が勝負を挑んできたので、アリスは四騎士に相手をさせることにした。

それで終わるはずだった。

彼らはアナザーキングダムにおいては無敵の存在だ。

何をしても倒すことはできないし、彼らの攻撃は避けることもできない。

なのに。

四騎士は敗れ去った。

さすがにこうなると、アリスも余裕の顔をしていられなくなった。

それはありえないことなのだ。

計算外であり、想定外であり、異常事態だった。

アナザーキングダムの能力が、根底から覆されようとしている。

ここまできて、アリスはようやく重人が異物であると気付いた。

アリスの能力が通用しない、中を見通すことのできない闇がこの世界の中に紛れ込んでいる。

アリスは即座に逃げることを選んだ。

アナザーキングダムが無敵であるという前提が怪しくなっているのだ。

当然、この能力に固執し続けるわけにはいかなくなる。その点で、アリスは物事を割り切って考えることができた。

アリスは、アナザーキングダムの入り口である無限廊下へと転移した。

扉が無数に並び、どこまでも続いている廊下だ。

訪問者が一時的に通るエントランスであり、ここから先へはどの扉を通ってもアナザーキングダムへ辿り着くようになっている。

だが、アリスだけは別だった。アリスはここから、世界中に用意してある出口へと移動することができるのだ。

重人には目くらましのために攻撃を続けている。

その間に逃げなければならない。だが、どこへ行けばいいのか。

アリスは迷っていた。

できるだけ遠くへ行き、この世界は閉じて新たに世界を作る。そしてそこに出口を作らず、こもりきれば逃げ切ることはできるだろう。

だが、そこまでしてしまえば、重人に負けたも同然だ。それから後は重人に怯えて暮らすことになる。すでに一敗地に塗《まみ》れているようなものだが、そこまでするのはプライドが許さなかった。

逃げ隠れし続けるのでなければ、反撃の手段を見いださねばならないだろう。

しかし、アリスはすでに手札を全て出し切っている。現状では、どうしようもないのだ。

「助けを求める？　この私が？」

口に出すと、そのあまりの情けなさに目眩がしそうだった。

絶対的な支配者として君臨し続けてきた自分が、一目散に逃げ出して哀れにも助けを請うのだ。

その有様を思えば腸が煮えくり返りそうになる。

だが、アリスの冷静な部分は、今の自分には為す術がないことをわかっていた。

「大賢者様……は、こんな程度では助けてなんてくれない……」

これまでにも賢者は何人も死んでいる。だが、賢者の危機に大賢者が手を差し伸べたことは一度もなかった。

「ライザは接点がないし……ヴァンはできれば避けたい。アケミとだけは絶対に仲良くできないし……ゴロウザブロウに助けなんて求めたら何を要求されるかわかったものじゃない……となると……ヨシフミ!?」

自分で言いだしておいて、アリスは心底驚いていた。

会う度に口汚く罵り合う仲だ。助けを求めたところで、ここぞとばかりに馬鹿にされるだけのことだろう。

だが、ヨシフミならなんだかんだと言いながらも、けっきょくは助けてくれそうにも思えたのだ。

「まあいいわ！　とりあえずはここから出る！　そこがヨシフミのエリアだとしてもそれは偶然だから！」

アリスは手近な扉を開き、中に飛び込んだ。

＊＊＊＊

何もない茫漠とした空間に、重人とナビーは浮いていた。

アリスの作り出したアナザーキングダム。その成れの果ての空間だ。

すでに空気も光もない、ただの人間なら即死するような環境だが、オメガブレイドの力が重人の生存を可能としていた。

「空間が崩壊しようとしていますね」

ナビーには探知能力と戦闘力を与えている。

それにより周辺の状況を把握し、重人に伝えてくれるのだ。

「ここから転移は可能なのか？」

「はい。無断侵入ができないだけで、出ていくのは自由にできますね」

「じゃあ、他の賢者の所に行ってみるか。長ったらしい名前の奴がいたよな？」

「長いと言いますと、ゴロウザブロウでしょうか」

「それだ。そいつはまた何か空間とか作ってるタイプか？」

「いえ。ゴロウザブロウは単純な戦闘力特化タイプですね。これといった特色はないです」

「特色がなくても賢者になれるもんなのか」

「剣でなんでも斬れる能力の持ち主ですが、他の賢者に比べれば見劣りはしますね」

「じゃあそいつのそばに転移してくれ。今度はそいつの目の前に出られるんだよな？」

「はい。転移妨害などはありませんので、目前への転移が可能です」

「やってくれ」

ナビーがカウントダウンを開始する。

ナビーが転移を告げると、再び周囲の光景が一変した。

目の前にはベッドの上で絡み合う男女がいた。男女の営みを繰り広げていたようだが、突然の闖《ちん》入《にゅう》者に気付いたのか動きを止めている。

「男のほうがゴロウザブロウだよな」

中年で、薄汚く見える男だった。

「はい、そのとおりです」

重人はあたりを見回した。

狭い部屋だった。

拷問器具らしきものがひしめいていて、それらは使用中のようだ。

拷問の結果なのか、床には手足のない女や、身体に異物を差し込まれた女が転がっていて、苦鳴をあげている。

ゴロウザブロウが組み敷いている女も身体の一部が欠けていた。どうやらゴロウザブロウはそういった趣味の持ち主のようだ。

「ずいぶんと悪趣味だな。吐き気がする」

「オメガブレイドは全能とはいえ、所有者のメンタル管理までは行えませんのでご注意ください。見るに堪えない物を見せられれば気分を害することもあるでしょうが、それを防ぐことはできません」

「なるほど。そりゃあ気をつけないとな」

悪臭に満ちていそうな部屋だが、重人は臭いを感じていなかった。それらは自動的に対処されているのだろう。

「なんだてめぇは！」

「怒るのが遅すぎるだろ」

ゴロウザブロウは、ようやく怒りの声をあげた。遅きに失しているといっていいだろう。重人がその気なら、何百回でも殺せるだけの時間が経過している。

「俺は、三田寺重人。賢者を殺しにきた」

「あぁ!?」

ゴロウザブロウがベッドから跳ね起き、立ち上がった。

「なるほどな。いきなりそばに転移すると、見苦しい物を見るハメにもなるのか。次からはもう少し離れた位置に転移することにしよう」

「承知いたしました」

ゴロウザブロウの左腕がぽとりと落ちた。

右手には剣を持っているのでそれで何かをしたのだろう。斬撃を跳ね返され、自らが傷を負ったのだ。

「オメガブレイド。この部屋にいる者の傷を全て治せ」

重人が命じると、拷問器具が砕け散った。それらは治療の邪魔になったのだろう。

部屋にいた女たちは、一瞬にして無傷の状態になっていた。

それは、今腕を失ったばかりのゴロウザブロウも同様だった。わざわざ治してやろうと思ったわけではない。部屋の中と範囲指定したので含まれてしまっただけだ。

「どういうつもりだ、てめぇ。正義の味方でも気取ってやがんのかよ！」

「そんなつもりはないけどな。ただ見苦しかっただけだ」

ただ見苦しいというだけなら、部屋にいた怪我人を消去するのでもよかった。

多少は、ゴロウザブロウに当てつける気持ちはあったのだろう。

「さて。こいつはどうするか」

ゴロウザブロウは睨み付けてくるだけだった。先ほどの攻撃を跳ね返されて慎重になっているのだろう。

「そういやバトルソングに干渉できるんだったよな」

「はい。システムの改変も思いのままです」

「オメガブレイド。ゴロウザブロウからギフトを剝奪しろ……これでいいのか？」

「はい。剝奪は完了しております。見た目にはわかりませんが」

「そういうことなら試してみるか」

重人はゴロウザブロウに近づいていった。

ゴロウザブロウが剣を振る。その動きは重人にでもわかるほどに遅かった。

あえて喰らってみると、見えない壁が剣を弾いたが、それだけだった。その斬撃は反射して攻撃者を傷つけるほどでもなかったのだろう。

ゴロウザブロウは元々剣術が得意なわけでもなく、ギフトがなければ素人同然ということらしい。

「なんだろうな。もうこんな奴殺しても意味がない気もしてきたんだが」

「見逃されますか？」

「いや。こいつを見逃してもつまんなそうだ。殺しておこう」

アリスのような美少女が悔しげに身をよじるところなら見てみたいが、中年の汚い男がのたうち回ったところで面白くもなんともない。

「オメガブレイド。ゴロウザブロウを殺せ」

重人が言い放つと、ゴロウザブロウは倒れた。実にあっけないものだった。

「じゃあ次に行くか」

「いえ。少しお待ちください」

「どうした？」

「ゴロウザブロウが生きています」

ナビーに言われて重人は倒れているゴロウザブロウを見た。

倒れているゴロウザブロウの指先がピクリと動いた。

「どういうことだ？　全能なんじゃなかったのか？」

「確かに殺せという命令は実行されています」

「まさか死んだあとに生き返ったのか？」

「……体内に、異世界の物体が埋め込まれています。それが、ゴロウザブロウを蘇生しました。それはバトルソングのシステムとは関係がないため、無効化できていなかったようです」

「じゃあそれを取り出せばいいのか。オメガブレイド。ゴロウザブロウの体内にある異物を取り出せ」

そう命じると、ゴロウザブロウの背中が弾け、透明感のある丸い石が飛び出してきた。

石はふわりと浮き上がり、重人の手に収まった。

「これがそうか。なんなんだ、これは？」

「賢者の力の源であり、彼らは賢者の石と呼んでいるようです」

「必要か？」

「重人様が賢者になるのでしたら必要かと思いますが」

「なる気はないからいらないか。はい」

重人は、そこらにいた女に賢者の石を手渡した。

「え？　あの、これは……」

「いらないからやるよ。ゴロウザブロウを治したいならもう一度身体に入れればいいんじゃないか？　このまま死んでほしいならどこかに持っていけよ」

賢者の石を持った女は、慌てて部屋を出ていった。

呆然としていた者たちも、その女に続いて部屋を飛び出していく。

部屋に残されたのは、重人たちとゴロウザブロウだけだった。

ゴロウザブロウは虫の息だった。背中の傷は致命傷だろうし、放っておけばそのうちに死にそうだ。重人の興味は完全に失せていて、もうゴロウザブロウなどどうでもよくなっていた。

「じゃあ次はアケミだっけか。女だよな？」

「はい」

「さっきも言ったように目前に出るのはやめとこう。ここと同じような状況だときまずいからな」

「承知いたしました」

「じゃあ、アケミの所に転移してくれ」

ナビーがカウントダウンを開始した。

16話　空から女の子が落ちてくるというのは定番のシチュでござるな！

「このあたりかな」

夜霧が言うと、ヒルコは停止した。

眼下には森があり、一部にぽっかりと穴が空いている。

そこから帝都方面へと続く破壊の跡から見るに、ここから巨大な化物が出てきたのだろう。

「来たはいいけど、これ、エウフェミアさんの手がかりなんてわかんないだろ」

「エウフェミア殿は、ザクロという神に立ち向かったのですよね？　もしや負けてそのあたりに倒れているなどという可能性はないでござるか？」

「見てみるか。ヒルコ。あの穴の中に下りてくれ」

「お前、むっちゃ偉そうやし、それを改善する気はまるであらへんな！　ある意味すんごい度胸しとるわ！」

そうは言いつつも、ヒルコは下降を開始した。

深い穴の中に下りていくと、中は大小様々な岩塊で埋め尽くされていた。化物は地下空間の天井を突き破って外へ出ていったと思われるので、その名残だろう。

「そこらへんに倒れてたとしたら、押し潰されてそうだな」

着地した夜霧はあたりを見回した。

地下都市があったとのことだが、多少の痕跡があるぐらいだった。ほとんどが岩塊に押し潰されて原形を止めていなかった。

「転移装置ってここにあるんだよね？」

知千佳が気まずそうに言った。

「となると、エウフェミアさんを見つけたとしても、転移は望み薄かな」

「手がかりゼロだよね、これ」

「もこもこさん。槐の機能で分析できるようなのないの？」

「うーむ。多少は眼がいいぐらいで、それほど人間からかけ離れた機能は搭載されておらんなぁ」

夜霧はもう一度あたりをよく見てみたが、やはり何もわからなかった。

「無駄足だったかな」

「それいちいち口に出さんといてくれるか。ここまで連れてきたうちの徒労感がはんぱないやろ」

「どうしたもんだろ。ここにいないとすれば……帝都ぐらい？」

「可能性はあるやもしれんな。ここにいたザクロという男は、化物のことを主上と呼んで仕えているとのことだった。ならば化物の向かった先に行ったやもしれぬ。エウフェミアのことはザクロに訊くぐらいしか手はなかろうな」

「ヒルコ。じゃあ、今度は帝都に連れてってくれ」

「お前。ほんとに不遜な奴やな……なんか逆におもろなってきたわ」

「ねえ。あれ何?」

ルーが空中を指さしていた。

夜霧がそちらを見ると扉があった。

扉だけが、空中にぽつんと浮き上がっている。

木製の特に特徴のない扉だ。

「あんなのあったかな?」

「なかったような……」

「いや。あんなものの存在を想定しておらなかったわけでござるし、暗くて見えづらいですから、最初からあったと言われたらそういうものかとも思ってしまうのでござるが……」

「ヒルコはなんかわかんないのか?　神なんだろ?」

「神やからなんでも知ってる思うなや!　まあ、扉なんやから開けてみたらええんとちゃうか」

だが、こちらから開ける前にその扉は開き、そこから何者かが勢いよく飛び出してきた。

「いたっ!　何これ?　どうなってんの!?　洞窟だったはずなのに……」

落ちてきたのは、ピンクのドレスを着た少女だった。

尾骶骨《びていこつ》でも打ったのか、おおげさに痛がっている。

「おお！　空から女の子が落ちてくるというのは定番のシチュでござるな！　ええ！　わかっておりますよ！　どうせ拙者などは無視されるのでござるよね！　ですが！　この時点ではまだ何もわかっていないのでござるから夢を見てもよかろうでござるよ！」

「やけに人がいるんだけどぉ!?」

少女は夜霧たちを見て驚いていた。

夜霧、知千佳、もこもこ、花川、ヒルコ、ルーの六人だ。崩落した洞窟の中をうろうろしている人数としては多いほうかもしれない。

「これは……どうしたらいいもんだろうな」

夜霧はとまどっていた。

突然、空中にあるドアから出てこられてもどう対応していいのやらよくわからない。

「とりあえず話を聞いてみたら？」

「そうだな。君は誰で、なんだってあんな所から出てきたんだ？」

夜霧は自分から名乗りはしなかった。

夜霧たちは、マルナリルナ教に付け狙われている。この少女もマルナリルナ教に関わりのある何者かかもしれないし、素性は隠しておいたほうがいいと思ったのだ。

「さあね。言う必要あるぅ？」

向こうからすれば、夜霧たちは洞窟にたむろする怪しい人物でしかない。警戒されても仕方がないだろう。

無理矢理事情を聞き出すわけにもいかず、どうしたものかと夜霧が考えていると、ルーが少女を指さした。

「その人、ルーの身体を持ってる」

「どういうことだ？　ルーの身体ってことは賢者の石か？」

「うん。この人の身体の中にある」

「てことは、こいつ賢者なのか？」

身体の中に賢者の石があるなら、ほぼ確定だった。

「なんなんでござるか!?　この都合のいい展開は！　いくらなんでもおかしくないでござるか！」

「そう言われても来ちゃったものはしょうがなくない？」

「知千佳たん、もうすれっからしでござるな！　こんな異常な状態で平常運行でござるか！」

「まぁ……いろんなことがあったからなぁ……」

知千佳が遠い所を見つめていた。

「しかし！　拙者が一人の時にこの状況ならいつもの拙者がひどい目に遭う典型的なパターンでござるが今回はそうはならんのでござるよ！　高遠殿がおりますからな！　さあ！　悪の賢者に鉄槌をくだすのでござる！」

「て、言われてもな。体内に賢者の石がある場合は殺しちゃだめなんだよ」

賢者たちは賢者の石をエネルギー源として使用している。

それは、賢者の身体に無限の再生力を与えているのだ。夜霧が賢者を殺した場合、同時に賢者の石が持つエネルギーも使いつくされてしまう。

そんな話を、賢者シオンは夜霧に伝えていた。

「俺は高遠夜霧。賢者だったら聞いたことはないか？」

「高遠夜霧……確か、シオンがそんな名前を……」

「賢者なら何人か倒してて、賢者の石を集めてる。賢者の石を渡してくれるなら、戦いにならずに済むんだけどどう？」

「どうしようかなぁ。サンタロウを殺したんだっけぇ？」

「レインとシオンとライザもね」

正確に言えば殺していない者もいるが、いちいち説明する気もなかった。脅しならこれで十分だろう。

「そ、そう……け、けどだからなんだっての？　そいつらが私より弱いってだけなんじゃないのぉ？」

「何だるいことやっとんねん」

ヒルコが話に割り込んできた。

「いや、戦わずに済むならそのほうが楽かなと」

「あのな？　おかんの身体をあいつが持っとるゆーんなら、そんなもん取り返す以外にすることあらへんやろが。ごちゃごちゃゆーとる場合とちゃうねん」

そう言い放ち、ヒルコの姿が消えた。

一瞬にして、賢者の少女に詰め寄っている。

ヒルコの腕が、少女の胸に突き入れられていた。

「な……」

「うーん。身体の中ってどこや……ああ、これか！　これやな！」

ヒルコが腕を抜くと、その手には透明で丸い石が掴まれていた。

少女が胸を押さえて、その場にうずくまる。

ヒルコは、賢者の石を自慢げに掲げながら戻ってきた。

「戻ってくる時はゆっくり歩いてくるんだ……」

「そりゃお前、目的を達したんやから堂々と凱旋するもんやろが！」

「あぁ！　また貴重な美少女が亡き者に！」

「ほら、おかん」

ヒルコがルーに賢者の石を手渡す。

ルーが賢者の石を手にすると、途端にそれは形を変えた。

堅固な丸い形から、どろりとした液状の物になり、ルーの掌に吸い込まれていったのだ。

そして、ルーの身体にも変化が訪れる。

ルーは見る間に大きくなっていった。

まだ赤ん坊の面影を残していた顔は少しばかり大人びたものになる。背も伸び、手足もしなやかさを増した。

三歳児ぐらいだったルーは、六歳の少女ぐらいの姿へと変化していた。

「大きくなったよ！　パパ！」

「そう言われても、特に何も言うことはないんだけど」

「お前なぁ！　おかんが可愛らしい笑顔を向けとるんやろが！　もうちょっとなんかないんかい！」

「あれだ。向こうからやってくるとは棚ぼたというやつだな」

「それはいいとして、エウフェミアさんを捜さないと」

「あんたら！　もう終わったことのようにしてるでござるが、そこには胸に穴が空いて苦しんでる美少女賢者ちゃんがまだいるのでござるが！」

花川が、賢者に駆け寄っていった。

「大丈夫でござるか！」

花川が賢者に手をかざす。花川の手が輝き、柔らかな光が賢者を包み込んだ。

「え……なんで……」

賢者があっけに取られていた。花川の回復魔法で傷は完治したようだ。

「拙者はあいつらのような人でなしとは違うでござるからな！　傷ついた美少女を放ってはおけないのでござるよ！　そしてあわよくば惚れられてハーレムという寸法でござる！」

「花川くんも……わざわざそーゆーこと言わなきゃワンチャンあるかもしれないのにね……」

「あの……ありがと……」

「え？　いや、その。どうせ口汚く罵られると思っていたので、素直に褒められるとなんだか逆にとまどうのでござるが？」

「いいわ。あんたは助けてあげる」

「え、それはどういう……」

「アナザーキングダム！」

賢者が叫ぶ。

世界が暗転した。目の前が真っ暗になり、途端に明るくなったのだ。

「なんだ、これ？」

周囲の光景が一変していた。

足下にある岩塊はそのままだったが、その周囲は明るく広い草原になったのだ。

目の前には巨大なゲートがあり、左右に壁が伸びている。

「なんじゃこりゃぁあ！」

ヒルコが絶叫していた。

＊＊＊＊＊

賢者が叫んだ途端にすさまじい衝撃が走り抜けた。

花川はわけのわからない嵐のようなものに巻き込まれ、翻弄された。

「うぎゃあああああ！　なんなんでござるかぁあああああ！」

上下がわからなくなるほどに花川は揺さぶられた。

手足をばたつかせてどうにかバランスを取ろうとしたが、そんな行いにはなんの意味もなかったのだろう。

「ぐげっ！」

花川は何かに叩き付けられた。

何度か跳ねてようやく止まり、花川は胸をなでおろした。

永遠に続くかのように思えた暴力的な混乱からはどうにか抜け出せたらしい。

仰向けのまま上空を見上げる。

森の中のようだった。地面に空いた穴の中に下りていたはずだが、地上にまで放り出されたのかもしれない。

「な、なんだかわかりませんが、とにかく助かった……ということでござるかね？」

ここはどこなのかと首を動かす。

隣には賢者の少女が座っていた。

「ひゃあああああ！」

「そんなに驚かないでくれるぅ？　せっかく助けてあげたってのにぃ」

「え、あの……」

「まあ助けたってのは言いすぎかなぁ。単にあなたは私のそばにいて範囲外だったってだけだから」

「ああ、いえ、その、助けてくださってありがとうでござる……」

花川は左右を見回した。

見える範囲に夜霧たちはいなかった。

ここには、花川と賢者の少女しかいないのだ。

――さて……これは非常にまずい状況のようでござるが……。

夜霧のそばにいさえすれば安全なのだと思っていた。

なのにあっさりと夜霧から引き離されてしまっている。つまり今の花川には安全の保証がまったくない。

このピンクのドレスを着た少女が賢者なら、それはアオイやヨシフミと同等の存在だということだ。花川などあっさりと始末することができるだろう。

──ああ、しまったでござる。しばらく死んだふりでもしていればよかったでござるよ……。

彼女もいつまでもこんな所でぼうっとはしていないだろう。花川が動かなければそのうちにどこかへ行ったかもしれないのだ。

「ええと、その……いったい何が起こったのでござるかね？」

「あの場から脱出するために能力を使ったの」

訊けば素直に答えてくれた。今のところ、敵意は持たれていないようだ。

「私の能力は世界を作り出すものなんだけど、あいつらを中心に異世界を作り出してその反動で吹っ飛んできたのよ。ま、そう簡単には使えない裏技みたいなものなんだけど、どうにかあいつらは閉じ込めることができたようね」

「な、なるほどでござる……」

それは直接夜霧を攻撃する能力ではなかったのだろう。少女が生きていることからもそれはわかる。夜霧が持つ自動反撃能力は、彼女を対象にしなかったのだ。

「……あの、拙者に何か用事でござるかね？」

少女は、いつまで待っていても隣に座ったままだった。

「あんた、このあたりに詳しいの？」

「まあ、まったく知らないというわけではないでござるが……」

重人たちと一緒に帝都に向かい、しばらく帝都で暮らしていたのだ。初めて来た者に比べれば多少は知っていると言えるだろう。

「じゃあちょっと案内してよ」

「拙者がでござるか!?」

「今の私はさ、たいした力を持ってない状態なの。賢者の石はないし、アナザーキングダムは一つしか作れないから」

「そ、そんなことを拙者にばらしてもいいのでござるかね!?」

「どうだろ。でも、見も知らぬ私が怪我をしてるのを見て助けてくれたんでしょ？　だったらあんたはいい奴なんじゃないの？」

「は、ははは……どうなんでござるかね」

「私はアリス。あんたは？」

「花川大門と申す者でござるよ」

「花川ね。私を帝都のヨシフミの所までつれてってよ」

「ヨシフミ……でござるか……」

ヨシフミはすでに死んでいるとは、言いだしにくい花川だった。

17話　優しく包み込むように時には厳しく曖昧にや！　世の中白黒つくことばっかやないで！

「花川がいないな」

この場にいるのは、夜霧、知千佳、もこもこ、ヒルコ、ルーの五名だった。

「あ、ほんとだ。賢者の人もいないし」

知千佳もあたりを見回して言う。

足下にある岩塊の山は直径三メートルほどの範囲だ。花川はこの範囲外にいたので、この事態から は逃れられたのだろう。

「ふむ。足下の地面は先ほどまで立っておった場所そのままのように思える。一定範囲をまるごと転移させたというところか」

もこもこが言う。

夜霧にも、足下の様子は変わっていないように見えた。

「いや。うちを強制転移なんぞできるわけがないやろ。つまりや。これは周囲を作り変えたんやな。それならうちがどれほど強い神やとしても通用するはずや」

「賢者なんてどうにでもなると思ってたけど、あまり舐めてもいられないな」

直接攻撃してこなくとも、周囲の環境を激変させることで一定範囲に閉じ込めることなら可能だろう。

夜霧を殺すことはできなくても、封じることはできるのだ。

「まあこの手の奴に付き合ってやる必要はまるでないけどな」

「ヒルコならどうにかできるの？」

「あのな？　こんなもん楽勝に決まってるやんけ」

「そういうわりには、さっき大声で叫んでたよな」

「うっさいわ！　いきなりこんなことになったら驚きもするやろ！」

「じゃあ、さっさとどうにかしてくれよ」

今いる場所とその周囲が別空間になっているのなら、力を使うのは簡単だ。

この状態なら対象を明確に意識できるので正確に力を及ぼすことができるだろう。

だが、ヒルコがどうにかできるのなら任せてみようと夜霧は考えた。

「お前、なんでそんなに偉そうなん、ほんまに」

「偉そうなのもおもろなってきたとか言ってたのに」

「ゆーても限度ゆーもんがあるやろ。ちょっとは崇めろや。神やねんで！」

「じゃあお願い。どうにかして」

「神に願い奉る態度ちゃうけどな、ほんまに……まあええわ。神には寛大な面もあるゆーのを見せたろ」

「ちょっと待って！」

ヒルコが腕をぐるぐると回しはじめたところで、知千佳が呼びかけた。

「なんや？」

「ルーちゃんがいないんだけど！」

「おかんならそこに……おらんな。ってどこいっとんねん！」

ルーがゲートに入っていくのが見えた。

どうするかをヒルコと言い合っているうちに、ゲートへと向かっていたのだ。

「これ、どうにかできるの？」

「いや……さすがに近くにいてくれんと困るんやけど……」

ゲートからは楽しげな音楽が聞こえてきていた。どうやら、ルーはそれに誘い込まれたらしい。

「とりあえず迎えにいくで」

ヒルコがゲートへと歩きだしたので、夜霧たちもそれに続くことにした。

ゲートをくぐり中へと入る。

そこは広場になっていた。

色とりどりの木々が生えていて、たくさんの屋台が並び、着ぐるみの動物たちが歓迎するように踊っている。

「え、なんなの、ここ？」

知千佳がとまどっていた。

「遊園地……的な所？」

「なんでこんなものが？」

「わかんないけど、とりあえずルーを捜そう」

ルーはすぐに見つかった。

熊の着ぐるみに抱っこされていたのだ。

「おかん！　勝手にどっかいくなや！」

ずかずかと近づいていき、ヒルコは熊からルーを奪い返した。

「だって、楽しそうだったから」

「いやいやいや。急に現れたわけわからんとこやん？　もっと警戒して！　ほんまに！」

「うん。警戒するからおやつたべたい！」

「こんなとこでかい！」

そこら中から甘い匂いがしている。

そういえば、いろいろとあって食事がおろそかになっていることに夜霧は気付いた。

＊＊＊＊＊

「た、助けて……助けてください……」

賢者アケミが、額を床にこすりつけて土下座していた。

それを見下ろす重人の手には、賢者の石がある。

重人は、アケミに出会ってすぐに賢者の石を奪い取ったのだ。

そうしてから、重人は力を見せつけた。

アケミの力が一切通用しないことを思い知らせたのだ。

アケミの力は精神操作の類のようだ。周囲にいた人々をけしかけてきたが、それらは全てねじ伏せた。

もちろん重人の精神を支配しようとしたところで通じはしなかった。

「なんにも面白くないな、これ。まあ、やると決めたからにはやるけどな」

「たすけて……たすけて……」

「なあ？　賢者としてこれまで散々偉そうにしてきたんだろ？　殺《や》られるにしてもプライドとかないのかよ？」

これまでその常軌を逸した力で散々に人々を弄んできたはずだが、自分が殺られる側になればこの程度のものらしい。

これほどに怯え、恭順を示す様を見ればさぞ胸がすく思いがするかと重人は思っていたのだが、案外そうでもなかった。

「なんでだろうな。こいつをいたぶっても楽しくないいんだ。ナビーはどう思う？」

「この女が年増だからではないでしょうか？」

「ああ！　なるほどな。こんなおばさんを痛めつけても楽しくねぇってことか。おい顔を上げろ」

アケミが顔を上げた。

美しいのかもしれないが、その卑屈な笑顔にはなんの興味もひかれなかった。その表情には魂の煌めきのようなものを感じなかったのだ。

その点、アリスは最後まで抗おうとしていた。逃げはしたが、まだ絶望には沈んでいなかったのだ。

「な、なんでも……なんでもしますから……」

「ふーん。そうか。でも、俺はもうなんでもできるから、あんたにしてもらうことなんて特にないな」

アケミがすがりついてくるが、重人に触れることすらできなかった。

見えない壁が、アケミを押し返しているのだ。

「死ね」

重人がつぶやく。

オメガブレイドはそれを命令として認識し、アケミの息の根を止めた。

アケミの身体から力が抜け、ずるりと床にへたりこんだ。

「生き返らせろ」

ふと思いついて、重人はさらに命令した。

アケミの身体がぴくりと動いた。

「ぎゃあああああああ!」

アケミが絶叫した。死の恐怖を抱えたまま蘇ったのだろう。

アケミは、苦痛に顔を歪ませながらあたりを見回していた。何が起こったのかまるでわかっていないようだ。

「こいつ異世界人なんだよな。生き返れるのはなぜだ?」

「死んですぐならそれなりの精度で蘇生できるかと思います。ただ、多少の障害は出ているかもしれません」

「そうか。じゃあこうしてみるかな。オメガブレイド。こいつが息をする度に一年老化させろ。で、死んだらこの年齢まで戻して蘇生だ」

アケミが目に見える速度で老化していく。この状況を把握したのかアケミは手で口と鼻を押さえた。

「心配すんなよ。死んでも生き返れるんだから」

いつまでも息を止めていられるはずもなく、アケミはみるみるうちに年をとり、皺くちゃになっていく。

そして息絶え、若返って蘇った。

「な、なんで……なんでこんなことを……」

「意味なんかねえよ。お前らがしてることと同じだ。お前らは暇潰しに、そこらの人間をいたぶってたんだろ。それをお前もされてるだけじゃねえか」

「私があなたに何をしたっていうの……」

「俺もお前らに何をしたわけでもねぇのに、勝手にこの世界に呼び出されてひでぇ目に遭わされてたんだが？」

なんとなく思いついてやってみたが、特に面白くもなかった。

だが、理不尽とはこういうものだろう。

「賢者を殺すことを目標にされていたかと思うのですが、止めは刺されないのですか？」

「こいつはこれでいい。思考がすり切れてわけがわからなくなるまでこのままだ。じゃあ、そろそろアリスの所にでも行ってみるか。まだどうにかなると思ってるんなら見物《みもの》だしな」

「では、アリスの近くへ転移しますか？」

「いや……同じことを続けてもな。今回は少しばかり趣向を凝らしてみるか」

重人はアリスの現状を調べることにした。

＊＊＊＊＊

「あかんやろ！　こんな怪しいとこの食いもん食べるとか！」

五人は、カフェに入っていた。

「特に危険はないと思うよ」

夜霧はケーキを頬張っていた。

テーブルの上にはたくさんのデザートが並べられている。

この店は、ビュッフェ形式のスイーツカフェになっていた。

「ほんまに大丈夫なんか？　異世界のもん食うたら戻れんなるゆーんは定番やで？」

「ヒルコがこの空間をどうにかできるんだろ？」

「できるけど！　できるけど、普通はもっと警戒するやろ！」

夜霧は食事に毒があるとか、腐っているとかを殺意という形で認識できる。

なので、これらの食事は安全であると確信していたのだ。

「で。そっちは何はしゃいどんねん」

「え。私？」

知千佳が意外そうに言う。

「そうや。なんやねん、その頭のやつは」

知千佳は猫耳カチューシャを頭に付けていた。

ゲートに入ってすぐにあったグッズショップらしき所でもらってきたのだ。

この空間では金を要求されることはなかった。全て勝手にもっていっていいようで、この食事にしても金はいらないらしい。

スイーツは、動物たちがせっせと用意していた。

「可愛いよねー」

「ねー」

ルーはウサ耳カチューシャを付けている。

「なんでこんな怪しいとこのもんを平然とつけとんねん……」

「そんなに急ぐもんでもないからいいんじゃないか。賢者の石も手に入ったんだし」

「うちらは別にええで。今さらちょっとやそっとはかまわへん。けど、人捜ししとんのはそっちゃろが。大丈夫なんか？」

「一刻一秒を争う事態だとしたらもう遅いだろうし、焦っても仕方がないような」

「マイペースすぎるやろ……」

「そうそう。こんなのもあったけど」

知千佳がパンフレットをテーブルの上に広げた。

その用紙には、アナザーキングダムガイドと書かれている。

どうやらここは、アナザーキングダムというらしい。そういえば、賢者の少女がそんな名前を叫んでいたと夜霧は思い出した。

「地図か。いろんなエリアがあるんだな」

「私はこのメルヘンエリアがいいと思う！」

ルーが嬉々としてパンフレットを指さしていた。そこにはメリーゴーラウンドや観覧車など、可愛らしい遊具の数々が描かれている。

「おかん……いつまでもここを堪能しとる場合やあらへんと思うんやわ」

ヒルコが呆れたように言う。

とりあえず食事をすることを選んだ夜霧ではあるが同感だった。確かにあまりのんびりとはしていられないだろう。

「ルー。遊びたいなら好きにしたらいいけど、置いていくぞ」

「えー!?」

「お前な！　さすがにそれはどうかと思うで！　おかんに冷たすぎるやろ！」

「どっちなんだよ」

「そこは優しく包み込むように時には厳しく曖昧にや！　世の中白黒つくことばっかやないで！」

「さすがにここで遊びほうけるのはどうかと思うから脱出の手段を考えよう」

「まあさっきのとこに戻ったら大丈夫やろ。あそこは元の世界との境目みたいなとこ――」

ヒルコが言いかけたところで、大音量の鐘の音が聞こえてきた。

一回、二回と続いていき、その音は十二回連続して鳴り響いた。

「十二時ってことは正午？　あれ？　そんな時間だったたっけ？」

エルフの森を出て以来、時間の感覚は曖昧だ。

夜霧は腕時計を確認しようとしたが、その瞬間周りがあまりにも静かなことに気付いた。

スイーツを補充しているパンダが、厨房で調理に勤しんでいた猫が、ぴたりと動きを止めている。

「ん？　なんか雰囲気が……」

いきなり窓ガラスが割れ、何かが飛び込んできた。

それは小さな熊の人形で、手には大ぶりの鉈を持っていた。

18話　またわけわかんない事態になってるんだけど！

熊の人形が鉈を振りかざして飛びかかってくる。

殺意を感じた夜霧は、力を行使した。

熊の人形は途端に力をなくしてテーブルの上に落下し、店内にいた動物たちもばたばたと倒れていった。

「いきなりなんなわけ！」

「まあ……時間がくると凶暴になるとかかなぁ」

「とにかく逃げよう！」

知千佳ともこもこが席を立ち、夜霧も立ち上がった。

店を出ると、ヒルコとルーもついてきている。

あたりにいた動物たちが、雄叫びをあげ、そして倒れた。

「ここ最近、私の出番はまるでないね……」

動物の着ぐるみぐらいならどうにかなると思っているのか、知千佳が言う。

「異世界壇ノ浦流無双計画が……」

「いや、そこまでしたいわけじゃないんだけど、任せっきりも申し訳ないというか」

「仕方あるまい。ドラゴンぐらいならまだなんとかなる余地もありはしたのだが、ここ最近敵の規模がでかくなりすぎて、さすがに古武術でどうにかなるレベルを超えておるからな……」

知千佳ともこもこはそんな話をしながらも走っていた。

とりあえずはこのアナザーキングダムから出ていくしかないだろう。

夜霧たちは、入ってきたゲートへと向かった。

「出口ないんですけど!?」

ゲートがあったはずの場所が壁になっていた。

出口はどこにも見当たらなくなっていたのだ。

「飛ぶで！」

夜霧たちの身体が浮かぶ。

しょせんそこにあるのは壁だ。飛び越えてしまえばいいだけだとヒルコは考えたのだろう。

だが、壁を越えようとしたところで、夜霧たちは何かにぶつかった。

バチリと音がして、青白い壁が浮かび上がった。城壁の上にも、移動を阻害するための障壁が存在するようだった。

「神なら壊せないの？」

「……あかん。簡単には出られんルールになっとるな。無理矢理閉じ込める系のやつやと、こっちも無理矢理やぶれるんや。けど、これ、自分から入ったことになっとる。こーゆーケースは向こうの独壇場やな」

「え？　自分から入るもなにも、他に行くとこなかったじゃないですか！」

「最初に岩塊があったやろ。あそこは元の世界のままやったんや。周りを全部異空間で覆ったわけやな。で、岩塊のあったとこから動いたら、自分で入ったな？　お前ら？　ほんならこっちのゆーこと聞いてもらうで？　ってことになるわけや」

「そんなの詐欺じゃないですか！」

「しゃーないやろ。そーゆーもんなんや」

「でも、閉じ込めっぱなしってのはできるもんなのか？」

「そやな……ルール提示なしにはそこまでは無理ってのがお約束やし、出口は用意されとるんやろな。出口がないってほうが壊すのは簡単なんや」

「そーゆーもんなの？」

「向こうがルール無用ゆーんやったら、こっちもルール無用でええんやけどな。と、ずっと飛んどるのもルール違反らしいな」

ヒルコが、急降下した。

下向きの力が強制的に働いたらしい。アナザーキングダム内を飛んで移動するのは反則のようだった。

「じゃあ、なにかしらのルール提示はあるってことなんだよね。壇ノ浦さん。さっきのパンフレットはどこにあったの?」

「入ってすぐにインフォメーションセンターみたいなのがあってそこにたくさん並べられてたけど」

あたりを見回すと、インフォメーションセンターはすぐに見つかった。

やはり、このあたりが入り口だったのだろう。

「あれか」

夜霧は、表に置いてあるパンフレットスタンドからパンフレットを入手した。

「えーと……出口はここ!　ってでかでかと書いてあるね」

近寄ってくる着ぐるみたちがばたばたと倒れる中、夜霧たちはパンフレットを確認していた。

アナザーキングダムの中央に、この世界のシンボルとでもいえるような城があり、そこが出口らしかった。

城に入るには、各エリアで入手できる鍵が必要とも書いてある。

鍵はエリアごとに存在するボスが持っているらしかった。

「ひーふーみーよー……ここのつもあるエリアを全部回れゆーんか?」

「いや。このパンフレットに書いてある感じだと扉があるってことなのかな。扉だけならなんとかなると思うけど」

「ほんまか？　この手のわかりやすくてクリアできるようになってるルールは、無理矢理には破れんもんやで？」

「とりあえず城に行って確認してからでもいいだろ。他のことを試すのは」

「そないゆーんやったらいってみよか」

夜霧たちがふわりと浮かぶ。

そしてすさまじい速度で風景が流れていき、あっという間に城の前に到着していた。

「まっすぐつっこむ分には特にルール違反でもなかったみたいやな」

「いいのかな。こんなにお手軽で」

知千佳が少しばかり気まずそうにしていた。

「扉はこれか」

目の前には立派な城門がある。

門は固く閉ざされていて、表面に九つのくぼみがあった。そこに鍵をはめ込めば開くという仕掛けなのだろう。

「死ね」

夜霧が城門を殺す。

城門を押すと、大きな両開きの扉が簡単に内側へと開いていった。

「え？　それおかしない？　とりあえず様子見に来ただけやのに、なんでこんなあっさりと開くねん？」

「俺はこーゆー力を持ってるんだ」

ヒルコが首を傾げているが、面倒だった夜霧は雑に説明した。

「でも、城の中に出口があるってどういうことなんだろ？　裏口から出られるとか？」

「パンフレットにはそこまで書いてないな。けど、ボスを倒して鍵を得るとかだから、ラスボスでもいるんじゃないかな」

「なんにもボス倒してないし、鍵も得てないけどね！」

城門から入ると、絢爛豪華なエントランスホールになっていた。

夜霧たちは正面にある大階段を上った。

上りきると大きな扉があるので、それを開いて中へ入る。

そこは玉座の間のようだった。

「誰もおらんやん」

「あ、何か書いてある？」

玉座に張り紙がしてあった。

『留守にしています。戻ってくるまで待っててねぇ　アリス』

「留守やったらしゃーないなぁ……っておい！　それやと出られんやんけ！」

背後の扉が勝手に閉まった。

そして、部屋中に黒い染みが滲み出た。壁に床に天井に、黒い染みが広がっていき、そこから何者かが這い出てこようとしている。

出てきたのは、全身を甲冑《かっちゅう》に包んだ騎士だった。

それらは手にした剣や槍を夜霧たちに向けていた。

「えー!?　なんやねん。アリスゆーんが戻ってくるまで、こいつらと茶でもしばいとけゆーんかい」

「さすがに待ってられないな」

夜霧はどうにかできないかと考えた。

ここが異空間だというなら、そこだけを殺すことはできるかもしれない。これほどまでに異質な場所なので、通常の空間と分けて認識することは可能だし、通常の空間にまで影響が及ぶことはなさそうだ。

ただ、自分たちを内包する空間を殺してしまうと、巻き添えは喰らってしまうだろう。

「ヒルコ。俺たちの周囲だけをバリアみたいなもので囲むってのはできるかな」

「でけんこともないけど、そーゆーんはおかんのほうが得意やな」

「ルー、できる?」

「うん!」

ルーが返事をすると、夜霧たちはまとめて泡のようなものに包まれた。

「別の空間をさらに作ったって感じやな。この泡の中は外の世界とは別もんゆー感じで、外の世界の影響を直接には受けんようにできるわけや」

これならば夜霧にもわかりやすかった。

この泡の外にある異空間を殺せばいいのだ。

夜霧は、アナザーキングダムを殺した。

泡の外に、何もないはずの場所に亀裂が走った。

ガラスが割れるように、空間にひびが入ったのだ。

そのひびは、瞬く間に空間全体へ伝播する。

上下左右、全ての空間がひび割れ、そして派手な音を立てて空間が弾け飛んだ。

「元に戻ったのかな?」

夜霧はあたりを見回した。

周囲は薄暗く、岩塊が山積みになっている地下空間に戻っていた。

「花川と賢者はいないな」

人の気配はなく、あたりは静寂に包まれている。

「お前……なにもんやねん」

「こーゆー特技なんだよ」

説明が面倒だった夜霧は、またもや雑な返事をした。

「特技ってお前なぁ」

「パパはすごいんだよ！」

なぜかルーが自慢げだった。

「まあ敵対せんうちはそれでええわ。で、なんや無駄に時間をくうたな」

「あんなことができるなら、どこからでも出られたんじゃ……」

「出口があるんなら、そこから出たほうがいいかと思ったんだけどな」

空間を殺すのは極力避けたいと夜霧は思っていた。

「さすがにのんびりしすぎたかな。また飛んでいってほしいんだけど」

「私がやる！」

すると、ルーが手を挙げた。

「パワーアップしたから大丈夫！」

「じゃあ任せるよ」

「うん！」

夜霧たちの身体がふわりと浮き、そのまま上空へと浮かび上がっていく。

確かに、以前よりも安定感は増していた。

「花川くんはどうするの？」

「いないものは仕方ないし、あいつのことだからなんか大丈夫な気がする」

「お前な……べつにそいつは知り合いでもないからどうでもいいっちゃいいんやけど……」

夜霧たちは、地下空間を抜けて地上へと戻ってきた。

空が赤かった。

「ん？」

知千佳が首を傾げている。

空は、血をぶちまけたようなどす黒い赤色に染まっていた。

雷鳴が轟いている。

空からは、黒い雷が降り注いでいた。

「またわけわかんない事態になってるんだけど！」

知千佳が空に向かってツッコんだ。

19話　高遠殿は即死の力を使ってないでござるかね？　生きてるかもしれないでござるか？

重人はアケミの部屋で情報を整理していた。

視界の端でアケミが老化と蘇生を繰り返していたがすでに興味はなく、その事象はただの風景でしかない。

アリスの行き先を知ることは、重人にとって造作もないことだった。

ただ知りたいことをオメガブレイドに尋ねればいい。

それだけで、オメガブレイドは全てに答えてくれる。

アリスはエント帝国にいた。

なんのつもりかと少しだけ考える。

オメガブレイドは、この世界で生まれた人間であればその心の内まで覗き見ることが可能だ。だが、アリスは異世界からやってきた人間のようで、何を考えているのかまではわからなかった。

なので意図は推測するしかないが、このケースではそう難しいことではないはずだ。

手も足も出ず叩きのめされて、這々《ほうほう》の体《てい》で逃げ出したのだ。仲間に助けを求めにいったに違いない。

　エント帝国にはヨシフミがいる。賢者の交流関係はわからないが、アリスとヨシフミには関連があるのかもしれなかった。

「そういえば、居場所のわかる賢者を尋ねた時、ヨシフミの名は出てこなかったな？」

「居場所がわかりませんでしたので」

「どういうことなんだ？」

「エルフの森に行ったあと、出てきていないですね。それ以降の消息が不明です」

「エルフの森も異空間だったのか？　案外、そんな所が多いんだな」

「そうですね」

　オメガブレイドは訊いたことにしか答えない。気を回して尋ねたことに関連した周辺情報を伝えてくることはないのだ。その点については注意する必要があるだろう。

「じゃあエント帝国の帝都に転移だ」

「承知いたしました」

　ナビーのカウントダウン後に周囲の光景が一変した。

　目の前に広がっているのは瓦礫の山だった。

　整然と美しかった都市は、見るも無惨な有様になっていたのだ。

「なんだ、これは？」

「巨大生物の襲撃を受けたようです」

「どういうことだよ？」

一時期滞在していたこともある都市が、いきなり壊滅状態になっている。

重人もこの状況には呆然となった。

なぜ巨大生物などが出てくるのか、なぜ帝都が襲われているのか。意味がさっぱりわからなかったのだ。

「具体的にはこのような感じです。化物の正体は不明ですので、これもおそらくは異世界からやってきたのでしょう」

重人の目の前の空間に映像が浮かび上がった。

帝都が破壊されていく様子だ。

多頭の化物が、帝都を蹂躙していく。冒険者たちや帝都軍も抵抗したようだが、為す術もなくやられていった。

ヨシフミの部下、ルナの力による消去攻撃も敢行されたようだが、それでも化物を止めるには至っていない。

途中、苦しげに身体をねじり立ち止まることもあったが、けっきょく化物は城まで到達し、地下へと落ちていった。

「異世界からやってきたのがおそらくってのは？　記録があるならわかるんじゃないのか？」

「残念ながら、この世界の記録は最大で百年前までしか参照できません」

「ちっ。後から後からあれはできないって言いだすんだな」

「制限は他にもありますが、たいていの場合は実用上問題ないことですので、予め伝えておく必要はないかと」

「記録によれば、ヨシフミがエルフの森から出てないことはまちがいないんだな?」

「その可能性が高いです。ほかの異空間に直接移動した可能性もゼロではありませんが」

「わかった。じゃあエルフの森を消すってのは可能か?」

「はい。可能ですがどのようにいたしましょう」

「文字通り消すんだ。あの一帯の全てをなくして更地にする。中にいる奴はそれで死ぬよな?」

「はい。一定範囲の消去を行えば、その範囲内にいた者も消失いたします。二度と現れることはないのですから、それを死と判断して問題はないでしょう」

「オメガブレイド。エルフの森を消せ」

「承知いたしました。消しました」

あまりにもあっけなく、重人は拍子抜けした。

「もうできたのか?」

「ごらんになられますか?」

「そうだな。上空に転移して滞空しろ。慣れてきたしカウントダウンはもういい」

重人は一瞬で上空へと転移した。

わざわざ見える位置へ転移しなくとも、映像を表示させれば済むことかもしれないが、自分の目で見るのとではやはり実感が異なるだろう。

重人は西側に目を向けた。

エント帝国の東と西を分かつ大森林地帯が綺麗さっぱりとなくなっていた。

「ヨシフミは脱出していないよな?」

「はい。消去寸前に脱出したものはおりません。エルフの森にいたものは全て消失、つまり死に絶えました」

「これを……俺がやったのか……」

「はい」

そこには無数の生命が存在していたことだろう。

だが、重人はそれを一言で消し去った。あまりにも呆気なく、簡単に。それには一瞬の溜めすら存在しない。ただ、重人がそう命じただけで、こうなるのだ。

あまりにも圧倒的なそれは、まさに創世の力だった。自由に世界を消し去り、創り出す。想像の赴くままに自由に改変を行うことができる。

重人は、ようやく実感してきた。

この世界を思うがままにできるのだと。自分は神に等しい存在なのだと。

重人は、しばらくの間下界を見下ろしていたが、賢者を始末している最中なのだと思い出した。

この力があれば、わざわざ賢者を追い詰めるような真似をしなくともよいだろう。賢者は全て殺せと命じるだけでいいのだ。

だが、重人は全ての賢者と相対してから殺すことに決めていた。

それをしないのなら、ただチェックリストにチェックを付けていくだけの作業にしかならないだろう。

重人は、それを成したという感触を欲していたのだ。

「この帝都には誰か残っているのか？」

「ほとんどは脱出するか、死んでいますね。ヨシフミの手下が二人残っています」

「そいつらの近くに転移だ」

帝都上空から、室内へと光景が変化した。

破壊を免れたどこかの建物の中のようだ。

重人から少し離れた所に、女が二人うずくまっていた。

四天王のアビーとルナだ。

「よぉ！」

「てめぇは……」

アビーが睨み付けてきた。

「どうしたんだよ、そんな死にそうな顔して」

「てめぇはヨシフミについてったはずだろ。どうしてここにいる！　ヨシフミはどうした！」

噛みついてきたのもやはりアビーだった。ルナは力なくうつむいたままだ。

「ああ。ヨシフミなら死んだな。俺が殺した」

正確にいうなら重人が手を下すまでもなく死んでいた可能性もあるが、それはどうでもいいことだった。

「ふざけんなっ！　ヨシフミがてめぇなんかに殺されるかよ！」

「まあ、それはどうでもいいんだが、お前ら俺の手下になれ」

「はぁ！　死んだほうがましだ！　ボケがっ！」

「じゃあ死ねよ」

アビーの隣にいるルナの頭部が弾け飛び、血と脳漿《のうしょう》がアビーへと降り注いだ。

暴力と死を見せつけて力の差をわからせる。重人はあえて、派手な手法をとった。

「な……」

「生き返れ」

重人が命じると、逆再生するかのようにルナの頭部が再生した。飛び散った肉片と体液が、少しの狂いもなく元の位置へと戻ったのだ。

「いやあああああああああ！」

ルナが叫ぶ。生き返ったことで、死の直前の痛みと恐怖を思い出したのだ。

「な、なんなんだ！　なんなんだよ、お前！」

「オメガブレイドだよ。賢者を倒せるって聞いてただろ。これがその力の片鱗ってやつだ。能力はこの世界内でなら全てが思い通りになるってもんだ。ヨシフミだってこの力があれば一撃だ。抵抗すらできやしねぇよ」

「だからなんだ――」

「死んどけ」

アビーの全身が細切れになり、血だまりに沈んだ。

「生き返れ」

バラバラになったアビーが、一瞬で元通りになった。

「ぎゃあああああ！」

アビーが、生き返ってから苦痛の叫びをあげた。

「お前らを無理矢理従わせるのは簡単なんだが、それじゃつまらねぇからな。そっちから俺の靴を舐めるようになるまでいたぶってやるよ。心底忠誠を誓う気になったらそう言ってくれ」

できるだけ派手に身体を破壊し、即座に再生する。

重人はそれを繰り返した。

彼女らが完全に屈服するまで、たいして時間はかからなかった。

＊＊＊＊＊

「あのー。帝都はこちらへまっすぐに行けばいいだけですので、拙者がついていく必要はないかと思うのでござるが……」

案内を請われた花川は、アリスと一緒に帝都に向かっていた。

森を出るとそこは平野であり、すでに帝都の影は小さいながらも見えている。

「男の子でしょ？　か弱い女の子のボディーガードぐらいしてくれてもいいんじゃないのぉ？」

今のアリスにはほとんど力が残っていないとのことだった。

かろうじて残っていたエネルギーは、先ほどの世界創造で使い尽くしてしまったのだという。

「その、ですね……ヨシフミ殿は死んでしまったのでござる！　帝都に向かっても意味がないのでござるよ！」

ヨシフミに期待しているらしいアリスには大変言いだしにくかったのだが、花川は思いきって言った。

後になればなるほど言いだしにくくなると思ったのだ。

「あいつが死ぬわけないでしょ」

「いや、拙者この目でしかと見たのでござるが……」

「じゃあどうなって死んだってのぉ？」

「えーと、ナイフが刺さって、賢者の石を抜き取られて倒れたのでござる」

「それぐらいで死ぬわけないじゃない」

アリスはあっさりとそう言い放った。本気でそう思っているようだ。

「えー!?　いやいやいや！　死んでたでござるよ、あれは！」

「確認したの？」

「……いや、確認まではしてなかったでござるが……」

床に倒れて動かなくなっていたのは見た。

だが、本当に死んだのかと言われると自信はない。

脈をとったわけでも、瞳孔を確認したわけでもないからだ。

「んー、高遠殿の力であれば何がどうであろうと即死だと思うのでござるが……あれ？　そういえばあのとき……」

花川はヨシフミが倒れた際の経緯を思い出した。

ヨシフミがナイフを出現させて夜霧めがけて投げたのだが、ナイフは空中で消えてなぜかヨシフミに刺さっていた。

そして、いきなり花魁《おいらん》風の狐耳女が現れて、ヨシフミの胸に手を突き入れて賢者の石を抜き取ったのだ。

賢者の石を盗られてヨシフミは倒れた。

「あれ？　高遠殿は即死の力を使ってないでござるかね？　生きてるかもしれないでござるか？」

胸に穴が空けば普通なら致命傷だろう。

だが、ここは魔法やギフトが存在する摩訶不思議な世界だ。

あれぐらいなら生きていてもおかしくはないのではとも思えてくる。

それに、花川自身があのような状況になったとしても、回復魔法でどうにかなりそうな気がするのだ。

「あいつの力はねぇ、賢者の中でも上位に位置してるわけ。悔しいけどね。まあ、私も、私の世界の中でならあいつにだって負けないいんだけど！」

「けど、生きてるとしたら、拙者合わせる顔がないと言いますか、会った瞬間に殺されるかもしれないんでござるが……」

花川は中立を気取っていたが、ヨシフミがそんな曖昧な立場を許すわけもないだろう。

かもしれないではなく、ほぼ確実に殺される気がしてきた。

「大丈夫よぉ。私がとりなしてあげるからぁ」

「えぇー!?　それでどうにかなるとはまったく思えないのでござるが……」

帰りたくなってきた花川だが、現時点ではどこへ帰ればいいのかもわからなかった。

「と、とにかく帝都までは連れていくので、そっから先は一人で行ってもらって、拙者のことは内緒にしといてほしいのでござるが」

「そう？　欲がないのねぇ」

「命あっての物種でござるよ！　ヨシフミ殿が拙者を許すほうに賭ける博打などする気はないのでござる！」

「まあヨシフミのことはいいとして、あとで私の所にくればいいわ。歓迎してあげるからぁ」

「は、ははは……考えておくでござ――」

突然、雷鳴が響き渡った。

まさに青天の霹靂ということかと花川は空を見上げる。

空はまったくもって青くはなかった。血のようにどす黒い赤に染まっていたのだ。

「何が起こったのでござる!?」

「私にわかるわけないでしょ」

空に時折、黒い稲光が走る。

それは、どこか遠い地に落ちているようだが、とても安心などしていられなかった。

「とにかく帝都まで行くのでござるよ！」

雷が落ちてくる時に建物内にいるのが安全なのかはよくわからないが、何もない平野に居続ける度胸など花川にはなかった。

幸い、帝都はもう目の前だ。

慌てて帝都へと近づいていき、花川は違和感を覚えた。

巨大で頑強な城壁が、絶対的な安心を与えるかのようにそびえ立っているのだ。

それは、巨大な化物によって砕かれ、踏みにじられているはずだった。なのに、以前に見たように威容を誇ったままなのだ。

混乱しつつも城門を抜けて帝都の中へ入る。

街並みは健在だった。通りは人々でごった返しているし、商店は賑わっている。

「これはルナ殿の力でござるかね！」

花川はルナの力を思い出していた。

ルナは、街の一部を消したり出したりすることができるので、この程度の修復は簡単にやってのけるのかもしれない。

「あのお城に行けばいいの？」

エルフの森で倒れたヨシフミが生きていたとしても、どこにいるかなど見当もつかなかった。

だが、とりあえずは何かありそうなのは城だろう。

「そうでござ――」

花川は肯定しようとして、固まった。

あたりの光景が激変したのだ。

「へ？」

周囲は黄金に輝いていた。

床も金なら柱も壁も天井も金だった。

正面にある玉座らしきものも金で、そこに座っている者が着ている服すらもが金色だ。

玉座の足下では、ルナとアビーが平伏していた。

「よぉ。花川。久しぶりだな」

「おげぇええ！」

花川は奇妙な声をあげていた。

玉座でふんぞり返っているのは、金色に輝く衣をまとったヨシフミだったのだ。

20話　せいぜい俺を楽しませろよ。ぶひぶひ鳴いてる間は生かしといてやるから

「人の顔を見るなり気持ち悪い声をあげるなよ」

ヨシフミが玉座から下り、花川の前へとやってきた。

「え？　その。拙者たち帝都に入ったところだと思ったのでござるが？」

「お前らを待ってたんだけど、待ちくたびれたからもう呼び寄せた」

「その、すみませんでござるー！」

花川はとりあえず土下座した。

なにがなんだかはわからないが、ヨシフミが怒っているという前提で動いたのだ。

最初から床に額をこすりつけて全力で謝る。いきなり低姿勢になれば、たとえ怒っていたとしても気勢をそがれるはずだし、あまりにも無防備な相手にいきなり暴力を振るったりもできないはずだ。

もちろん無事に済む保証は何もないのだが、それでもぼうっと突っ立っているよりははるかにましだと花川は考えていた。

「あんた誰？」

アリスが、緊張感を滲ませながら訊いた。

「まあ、別にだませるとは思ってなかったけどな」

声色が変化した。

ヨシフミのものだと思っていた声が、別人のものへと変わったのだ。

花川は顔を上げた。

見上げた先にいたのは、三田寺重人だった。

「へ？　どういうことでござるか？」

重人は、ヨシフミたちと一緒にエルフの森へ行ったはずだった。

その後、花川は転移させられて夜霧たちの所へ行き、再びヨシフミと合流したのだが、その時には重人はいなかった。

なんとなく、ヨシフミに殺されでもしたのだろうと花川は思っていたのだ。

「いろいろあってな。オメガブレイドを手に入れたんだよ」

──あの、世界剣とかゆー中二病全開の二つ名のやつでござるか！

そう思った花川だが、口に出すのはやめておいた。

今の重人は、どういうわけか絶対的な支配者といった雰囲気を醸し出している。

この手の輩に下手な口を利くのはまずいと本能的に察したのだ。

「その、ヨシフミ殿になってたのはどういうわけでござろうか？　重人殿の力はうさんくさい預言書を出すやつだったと思うのでござるが」

「オメガブレイドは全能の剣でな。できそうなことをいろいろと試してるんだよ」

「全能のあんたが、どうしてこんなとこで待ち構えてたわけ？」

アリスがいぶかしげに訊く。

確かに全能だと言うならやっていることがひどくまわりくどかった。

「たいした意味はねぇよ。ただお前が驚くかな、と思っただけだ」

「その……もしかして空が赤いのも？」

「空の色を変更できるか試してみた」

「街が直っていたのも？」

「ルナがやってたようなことを俺もできるか試してみた」

「人が平然と暮らしてたのも？」

「化物に襲われていなくなったからな。とりあえず街の人っぽいやつを作って生活させてみた」

「もしかして、ここが金ぴかなのも？」

「錬金術なんてのができるか試してみた」

「むちゃくちゃでござるな！」

任意の対象を転移させ、姿を完全に変え、空の色を変え、街とそこに住む人を作り出し、金を生み出すことができる。

　この程度は重人にとって余技のようだが、こんな無駄なことができる余裕が花川には恐ろしかった。

「ヨシフミに助けてもらおうと思ってきたんだろ？　残念だったな」

「……馬鹿なんじゃないの？　何がしたいわけぇ？」

　アリスは虚勢を張っていた。明らかに怯えているのだが、それでも重人に立ち向かう姿勢を見せていた。

「まあ、俺も何をやってんだかな、とは思うよ。けどな。万能ってのも探り探りなんだよ。なんでもできるから楽しいかっていうと、それは違うんだ。だからその万能で何をすれば面白いのかをいろいろ試してるってわけだ」

　――えーと……これ、どうしたもんでござるかね……。

　花川はどうすれば助かるかを考えていた。

　本当に万能なら何をしても無駄だろう。なので逆らうのはありえない。

　となると、どうにかしてすりよらねばならない。

「あー。その。拙者は敵ではないのでござるのですが……なんといいますかクラスメイトですよね？　その、仲がよかったとまではいいませんが、同じクラスのよしみでですね……」

「花川。俺は忘れてないぜ？」

「え？　何をでござるかね？」

「……お前、本気で忘れてるんだな……」

重人が呆れていた。

――え？　もしかして、拙者の心を……？

「異世界人の心は読めないって話だったが、花川のは読めるな。どういうことだ？」

重人が誰に言うでもなく尋ねる。

すると、小柄な少女が現れた。花川はそれが、預言書の化身であるナビーだと思い出した。

「精神抵抗値が低ければ読めますね。ですので異世界人といってもただの人間でしたらどうとでもなります」

「あ、その……」

花川は、ナビーの姿を見て、重人と帝都で再会した時のことを思い出した。

「俺さ。お前に土下座させられてんだよ」

そのとおりだった。

帝都で再会した時に九嶋玲を助けるのに協力してくれと言われ、調子に乗って土下座を強要したのだ。

「いや、あれはお茶目な冗談というかですね」

「鼻の骨も折れたっけな」

「それはナビー殿が重人殿の後頭部を踏んづけたからでござるし、あの後拙者が回復したではないですか！」

——調子に乗りすぎたでござるー！　もうちょっと後々のことも考えておくべきでござったー！

「乗りに乗ってたよな、お前。今思い返すと笑えるぐらいだよ」

重人の顔はまったく笑っていなかった。

「いや、それはその、ここがチャンスと思いましてですね……すまんかったでござるー！」

花川が、顔面をがしがしと床に叩き付けた。

こうなれば自分も鼻の骨を折って哀れを誘うしかないと思ったのだ。

「俺はオメガブレイドを手に入れて全能になったわけだが、自分の心の傷までは癒やしたりできねえわけだ。いやあ、あれは屈辱だったたな。腸が煮えくり返るってのはあーゆうのを言うんだろうな。玲を助けてお前が用済みになったらいつか殺してやろうと思ってたぜ」

「ひいいいいぃいいい！　勘弁してほしいでござる！　命ばかりはお助けをー！」

花川は、さらに額を床にこすりつけた。

「心配すんな。お前は殺さない。いや、殺すかもしれないが、生き返らせてやるから」

「えーと……それは生き地獄というやつなのでは……」

「せいぜい俺を楽しませろよ。ぶひぶひ鳴いてる間は生かしといてやるから」

「ぶ、ぶひぶひ……」

とりあえず何がなんでも生きながらえる。

そのためならなんでもする。花川はそう方針を定めた。

「で？　賢者アリス。何かしてくるかと思ったけど、突っ立ってるだけなのか？　隙ならいくらでもあっただろ？」

アリスはただ黙って重人を睨み付けているだけだった。

それはそうだろう。今のアリスには何の手立てもないのだ。

「アナザーキングダムってやつはどうしたんだ？　試してみろよ。希望を捨てるな。万が一にも通用するかもしれないぞ？」

重人が煽る。だが、アリスは悔しげに唇を噛むだけだ。

「まさかこいつ、もう諦めてるのか？」

「賢者アリスは、賢者の石を保有していません。魔力も枯渇しているため、使用できる能力がありません」

ナビーが答えた。そんなことまでわかるらしい。

「俺はこいつからは石を奪ってなかったよな？」

「転移直後、ヒルコと名乗る神に奪われたようです」

「へぇ。神ね。少し興味はあるが、今はこいつをどうするかだな。斜め下の方向で予想外なんだが……」

重人が考え込んでいる。

逃げるチャンスかもしれないが、花川は余計なことをするべきではないと思っていた。今は重人の機嫌を損ねないようにおとなしくしているのが、最善だと判断したのだ。

「じゃあ賢者の石を渡してやろう」

重人がそう言うと、アリスの前にぽとりと何かが落ちた。

透明で丸い石だ。

それが続けて、ぽとぽとと落ちてきて、合計三個の石がアリスの足下に転がった。

「え？」

まさか賢者の石が返ってくるとは思っていなかったのだろう。アリスが呆気にとられていた。

「ほら。三つあれば三倍の力なんじゃないのか？　それでなんとかしてみろよ」

「これは……どうやって……」

アリスがつぶやくように問いかけた。

「さあな。オメガブレイドに賢者の石を持ってこいって命令しただけだ。どっかから適当に持ってきたんだろうよ」

「は、はは……何よ、それ……」

だが、その重人の行いが、アリスを絶望へと追いやったようだ。

賢者の石が賢者の力の源だという。

それを自由に持ってこられるような存在を相手にどう戦えというのか。

花川が賢者だったとしても、戦う気になどなれなかった。

「ダメ元でもやってみろよ。奇跡が起こるかもしれないだろ？　何もしないってのなら……そうだな。花川と番《つが》いにしてやろう。雌豚として繁殖用に飼ってやるよ」

すると、アリスが賢者の石を拾い上げた。

「いやいやいや！　拙者がそんなに嫌でござ――なんですと!?」

アリスが拾い上げた石に変化が起こっていた。

透明だった石が生き物じみたピンク色になり、三つの石が一つになったのだ。

これにはアリスも困惑しているし、重人もとまどっていた。

皆が呆気に取られたままアリスの手の上に注目していると、ピンク色の塊は赤ん坊へと変化を遂げ、元気よく泣きだした。

こんなことになるとは誰も思っていなかっただろう。

だが、この場にいる人間の中で花川だけはその現象に心当たりがあった。

ルーだ。

赤ん坊だったルーに、ヨシフミの賢者の石がくっついて三歳児ほどになり、アリスの石で六歳児ほどへ成長を遂げた。

賢者の石は、ルーの一部なのだ。

「いや、これ、どうしたもんなんでござるかね？」

皆が困惑していると、唐突に壁が弾け飛んだ。

黄金の壁に穴が空き、何者かが突入してきたのだ。

「あれ？　花川だ。ほらな。やっぱり生きてるだろ」

入ってきたのは、夜霧たちだった。

夜霧、知千佳、もこもこ、ヒルコ、ルーの五名が、壁に空いた穴から突っ込んできたのだ。

「高遠殿!?　もしや拙者を助けに！」

花川はすがるような眼で夜霧を見つめた。

21話　なんでそんな関西人みたいな物言いなの!?

空が血のように赤くなり、雷鳴が轟いている。

最初はとまどった夜霧だったが、だからといってそれで何か困ることも特にはなかった。

「あ。うん。別に困らないっちゃ困らないんだけど。びびったよね」

「それはそれとして、帝都ってあれやろ？　とりあえず行ってなんとかゆー人捜そうや」

ルーが、夜霧たちを帝都へと運ぶ。

帝都上空にはすぐに到着した。

夜霧は眼下の光景に疑問を覚えた。

化物に襲われていたし、街が壊れていくのも確かに見た。だが、今の帝都には破壊の痕跡がないのだ。

通りは人で溢れているし、商業活動も活発なようで、まるで何事もなかったかのようだった。

「襲われて壊れてたよな？」

「うん。おかしいね。どうなってるんだろ？」

「人捜しには都合ええんとちゃうか。誰もおらん廃墟で人捜ししてもしゃーないんやし」

「そりゃそうなんだけど……ルーちゃん？」

ルーが宙を見つめて固まっていた。

何か気になることでもあったのか、考え込んでいるようなのだ。

しばらくして、ルーは帝都の中心部を指さした。

帝都でも特に大きな建物。おそらくは皇帝の居城を指さしたのだ。

「あっちにルーがある」

「それは賢者の石があるってことか？」

「うん。分かれてる身体」

「どういうことだ？　まさかまだここに賢者がいる？」

「急に出てきた？」

ルーが首を傾げている。突然気配を感じたようだ。

「まあ、そりゃあれや。行く以外にあらへんわ。おかんの身体をほっといて、人捜しなんてしとられん！」

ヒルコとルーにとってはそれが最優先なのだろう。

夜霧にも異議はなかった。

「じゃあまずは石を手に入れよう」

夜霧たちの身体が城へ向かって動きはじめ、すぐに城のそばに到達した。

「この建物の中？」

「うん、上のほう」

「入り口はどこだろ？」

「めんどくさいわ！」

「うわっ！」

身体が振り回され、夜霧は小さく悲鳴をあげた。

浮遊移動の主導権がヒルコに移ったらしい。

夜霧たちは城へと高速で突き進んでいき、そのままの勢いで壁に激突した。

幸い、激突の衝撃はそれほどでもなかった。夜霧たちへのダメージも念動で中和されているのだろう。

激しい粉塵が巻き起こり、収まる。

「あれ？　花川だ。ほらな。やっぱり生きてるだろ」

全てが金色の悪趣味な部屋の中に花川の姿があった。

土下座状態で、やってきた夜霧たちをぽかんと見つめているのだ。

「高遠殿!?　もしや拙者を助けに！」

「いや、ここに賢者の石があるらしいからもらいに」

「ですよねー」

「で、どういう状況?」

部屋の中には、金ぴかの少年。その少年に忠誠を誓うように跪いている二人の女と従うように傍らに立つ小柄な少女。土下座する花川。元気に泣き続ける赤ん坊を抱えたまま困惑している賢者の少女がいた。

彼らの関係や、ここで何が起こっているのか、よくわからないので、夜霧は花川に尋ねた。

「アリス殿に連れられて帝都にやってきたところ、ヨシフミ殿がいたような気がしたら実は重人殿であって、重人殿はオメガブレイドを手に入れて万能になっていたのでござる。そして、アリス殿は力を使えない状態だったので、重人殿が賢者の石を召喚したら、赤ん坊になったのでござる!」

「うん。わからん。というか、この人が重人?」

夜霧は、部屋の中で一番偉そうにしている金色の服をまとった少年を指さした。

日本人の少年で、年齢は夜霧と同じぐらいのようだ。

重人は日本人の男の名前だろうから、他には考えにくい。

「高遠くん……三田寺くんなんだけど、覚えてない?」

知千佳が呆れたように言った。

「あ。もしかしてクラスメイト?」

「一緒にバスに乗ってたんだよ」

「そっか。ま、とりあえずはあれだな」

夜霧は、花川がアリスと呼んだ少女に近づいた。

「いきなり赤ん坊になって驚いただろ。もう賢者の石としては使えないから渡してくれないかな？」

「え。あ。うん」

アリスは、恐る恐る赤ん坊を夜霧に手渡した。

どうしていいものやら困っていたのか、素直なものだった。

次に、夜霧はルーの所へ戻った。

「このまま渡しても大丈夫なの？」

「うん」

ルーが頷いたので、赤ん坊を渡した。

赤ん坊が形をなくし、どろりとしたゼリー状になっていく。それはルーの手から吸収されていき、全てを吸収したところでルーに変化が起こった。

六歳児ぐらいの大きさだったルーの身長が伸びていく。

そして、見る間に十二歳ぐらいの少女にまで成長を遂げたのだ。

「服！　服を変えないと！　高遠くん！　なんだかよくわかんない状況だけど、そっちはそっちでどうにかしといて！」

ルーは大きめのシャツを着ているだけだったので、成長した結果下半身はパンツが丸出しになっていた。

慌てた知千佳は、ルーを連れて部屋の端へと移動する。ルーを守るためか、ヒルコも同行していた。

なので、その場には夜霧ともこもこだけが残された形になった。

「なんなんだよ。高遠。何をしにきた？」

重人も突然やってきた夜霧たちを見てとまどっていたのだろう。ようやく話しかけてきた。

「賢者の石を集めてるんだ。三田寺がいらないんならもらっても構わないんだよね？」

「いや。構うね。俺がその女に賢者の石を渡したんだ。抵抗させるためにな」

「抵抗させるって……ずいぶんと悪趣味だな」

重人の顔は醜悪そのもので、夜霧はうんざりとした。

「まあいい。どうせその女は諦めてやがったからな。だったらお前らに相手をしてもらったほうがよさそうだ。まだお前らは何も知らないんだから、新鮮な反応をしてくれるだろ」

「いや、別に俺らが三田寺と敵対する理由はないだろ。賢者の石は別にいらなかったんでしょ？」

「あるな。俺をむかつかせた。それだけでお前らは万死に値する」

「それはお前……沸点が低すぎるだろ。もうちょっと冷静になったら？」

「余裕だな。それはお前が即死能力とやらを持ってるからか？」

「花川から聞いたの？」

夜霧は、土下座したままの花川を見た。

「拙者は何も言ってないでござる！　いや、言ったかもしれませんが覚えてないでござるし、特に口止めされてなかったでござるよね！」

「死ね、花川」

重人が言い放つと、花川が床に突っ伏した。

身体からは完全に力が抜けていて、間抜けな面をさらしている。

確かに死んだようだった。

「即死だったか。ご自慢の力らしいが、この程度のことなら俺にとっては造作もないことなんだよ」

夜霧は自分の力を自慢したつもりも見せつけた覚えもない。

やむにやまれず使っているだけなのに、張り合われてはたまったものではなかった。

「こんなことで張り合って無関係の人間を殺すなよ。死んでからだと後悔もできないんだ」

「心配するな。花川を生き返らせろ」

重人がそう命じると、花川がぴくりと動いた。

「ぎゃあああああああ！　え！　え？　今、拙者死んで？　死んでた！　息が止まって！　どうなってたでござる!?」

花川が混乱していた。

花川の様子から見るに、死んで生き返るというのはとても苦しいものなのだろう。

「ほらな。お前と違って俺は全能なんだ。蘇生も簡単なんだよ。だから後悔は死んでからいくらでもしろ。何度でも生き返らせて、何度でも殺してやる。俺のほうが上だと心の底から理解できるまで！　もう死んだままにしてくれと懇願するようになるまでな！」

「お前……性格悪すぎだろ」

こんな性格で日常生活を送れたとはとても思えない。きっと力を得たことで増長したのだろうと夜霧は考えた。

「死ね。高遠」

重人は言った。確かに、その言葉には力があるのだろう。

夜霧は、自動的に反撃してしまったと自覚した。

夜霧は倒れなかった。これは夜霧にとっては当たり前のことだ。

だが、重人も倒れていなかった。死の言葉を放ち、夜霧が倒れるのを待っているのだ。

しばらくの時が流れた。

だが、二人にはなんの変化も訪れなかった。

「なんでだ……オメガブレイド！　命令しただろ！」

重人は生きている。

やはり、夜霧の力は重人に向かったわけではないようだ。

「言い方がまずかったのか？　オメガブレイド！　高遠を殺せ！　八つ裂きにしろ！　心臓を止めろ！　爆発させろ！」

重人が必死の形相で叫び続ける。だが、夜霧は何も感じなかった。もうその言葉には、なんの意味もないのだ。

「ということはだ。そのオメガブレイドとやらが死んだのではないか？」

もこもこが言う。

だが、夜霧にすればそれは少しばかり不思議な話だった。今までは、こういったケースでは命令者が死ぬものだったからだ。

「ナビー！　どこにいった！　説明しろよ！　どうなってる！　どうなってるんだよ！　全能なんだろうが！　これも制限だっていうならそれを説明しろよ！」

ナビーとは重人のそばにいた少女のことだろう。

先ほどまではそこにいたはずだが、いつの間にか姿を消していた。

「ふむ。ということはだ。実は、この三田寺という男は操られておっただけということなのではないか？」

「なるほどな。それならわかるか。こいつはオメガブレイドとやらに意識を誘導されていて、それを自分の考えのように思っていたってことか」

夜霧を殺そうと考えたのがオメガブレイドそのものなら、オメガブレイドが死ぬのが道理というものだろう。

「ふざ、ふざけるな！　俺は操られてなんかいない！　俺がオメガブレイドの主なんだ！　新たな世界の創造主なんだよ！」

「さてな。操られている奴こそ、そんな見苦しいことを言いがちなものだが」

「ということは、重人殿にはもうなんの力もないということですかな？」

花川は、いつの間にか夜霧の隣に立って仲間面をしていた。

「お主、信じがたいほどの変わり身の早さだな……」

「俺は三田寺に対して思うことは特にない。俺は俺の道を行くから、そっちはそっちでうまいことやってくれ」

夜霧は、知千佳の所へと向かった。殺そうとまでは思わないが、今さら重人と仲良くなって一緒に行動するなど無理な話だろう。

ルーは着替えを終えていた。

知千佳の服をそのまま借りたようだ。服は多少大きめだが、十二歳ぐらいの体格ならばそれほど違和感はなかった。

「なんだかんだで賢者の石が勝手に集まっていくな」

「いやあ、これもうちの人徳のおかげやな！」

「なんでそんな関西人みたいな物言いなの!?」

「ヒルコは何もしてないだろ」

「で、これからどうするのでござる?」

「いったん港街に戻るか。エウフェミアさんの手がかりはここにはなさそうだし」

主上と呼ばれていた化物が手がかりになるかと思っていたのだが、化物の痕跡はここにはなかったのだ。

こうなると方針を考え直す必要があるので、キャロルたちと合流したほうがいいと夜霧は判断した。

「ほないこか」

ヒルコを中心にして夜霧たちが浮き、壁に空いた穴から外に出た。

夜霧は、ちらりと城の中を見た。重人にアリスが迫っていた。跪いていた女たちも立ち上がり、三人で重人を取り囲んでいる。

最後に、重人の悲鳴が聞こえた気がした。

22話　幕間　俺たちの次の仕事は、この世界の生命を絶滅させることらしいぞ？

ザクロと春人とエウフェミアは城があった場所に空いた穴に入っていった。

春人は翼で落下を制御している。

ザクロとエウフェミアはそのまま落ちていき、地下に広がる瓦礫の山に激突した。

春人が華麗に着地すると、ザクロとエウフェミアが瓦礫の中から這い出てきた。当然のように二人は無傷だ。

この二人なら空中浮揚ぐらいできそうなものだが、いちいちそんなことをするのも面倒だったのだろう。

春人は、翼を持つ獣人としてのプライドからそのような真似はできなかっただけだ。

「さて。主上はどこへ向かったのやら」

そこは、深く暗い闇の中だった。

城の直下にとてつもなく深い空洞があったのだ。そこはザクロが主上と呼んでいる巨大な化物でもなんなく移動できるほどの大きさだった。

「何か音が聞こえますので、あちらではないでしょうか」

エウフェミアが言う。

何かが崩れるような、潰れるような、叫び声のような音が渾然一体となって聞こえてくるのだ。

ザクロはその音のほうへと向かいはじめ、エウフェミアと春人はその後についていった。

巨大な洞窟は、さらに地下へと続いている。

そうやって歩いていけば、地上に空いた穴から入ってくる光も届かなくなり、周囲は真の闇に閉ざされた。

だが、暗闇などこの三人にとってはなんの障害にもならない。視覚以外の情報で、周囲を把握するなど造作もないことだからだ。

深い深い闇の中へと歩いていくと、音は次第に大きくなっていった。

先ほどまでは音の発生源は動いていたが、今は一所《ひとところ》にいるらしい。

近づいていくと、主上の気配がより大きくなっていった。

「これは……二体いるのか？」

春人は思わずつぶやいていた。

主上と同程度の大きさの何かが闇の中にいて、その二体は戦っているようなのだ。

「ふむ。あちらも主上だな」

「主上同士がなぜ戦うんですか？」

「さあな。主上の考えなど計り知れん」

その言葉に敬意はなく、春人には匙を投げているようにしか聞こえなかった。

巨大な化物同士が、絡みつき、叩き付け、引きちぎり、溶解液を浴びせあっている。

それは常軌を逸した戦いだった。

「どうするんですか?」

「どうにもできんな。どちらも主上なのだから、どちらかを手助けするというわけにもいかんだろう」

そう言われれば春人も見ているしかなかった。

それらの戦いは、次第にお互いに噛みつき合うものへと変わっていた。

喰らい合っているのだ。

お互いが相手の肉を噛み千切り、咀嚼する。損なわれた場所は盛り上がって再生し、さらに歪な形へと変わっていく。

そうするうちに、それらの境界がわからなくなっていった。

喰らい合ううちに、それらは一つの塊のようになっていったのだ。

次第に、それは小さくなっていった。

お互いにいつまでも再生できるわけではなかったのか、喰われた部分が全て元通りになるわけではないようだ。

そうして、無限とも思える循環の果てにそれは現れた。

小さな、人の姿をした何か。

そんなものが、闇の中にうずくまっている。

「まったく。ずいぶんと面倒なプロセスを経るものだ」

ザクロは、実に面倒くさそうに言いながらそれに近づいていった。

「む……妾《わらわ》はいったい……」

それは春人よりも小さく、まるで人間の少女のようだった。

「主上。目が覚めたか？　何をしていたのか自覚はあるか？」

「おのれは……ザクロか？」

「ええ。お迎えにあがりました」

ザクロが主上の足下に跪く。エウフェミアと春人もそれに続いた。

「ここはどこだ？」

「底の世界だ。より詳しく言えば、その中の星にある小さな島国の、城の地下に存在している洞窟の奥深くだ」

「……思い出してきたぞ……おのれ！　よもや妾をこんな場所に縛り付けるとは！」

不敬なのかもしれないが、まるで小娘のような怒り様だと春人は思った。

「さて。主上も元の姿に戻ったようだし、こんな世界にもう用はない。さっそく我らの世界に帰ろうではないか」

「は？」

　ザクロが帰還を促すと、主上と呼ばれた少女は途端に不機嫌な顔になった。

「何を言うておるんじゃおのれは！　これほどの目におうたうえで、こそこそと逃げ帰れと言うのか！」

「こそこそとせずともいいのではないか？　堂々と帰還すればよろしい」

「何をぬかすか、おのれは！　これほどの屈辱！　やりかえさねば気が済まぬわ！」

「そうおっしゃられてもね。主上を封印していたこの世界の神が死んだからこそ、主上は解放されたのだ。今さら復讐する相手などいるはずもない」

「神がおらぬというのなら！　その神が創り出したこの世界の生命を全て絶滅させてやればよい！　そこまですれば妾も溜飲が下がるというものよ！」

「主上よ。それはあまりにも八つ当たりがすぎるのではないか？　とても神の所業とは思えない」

「うるさい！　うるさいうるさいうるさい！　絶滅させるのじゃ！　妾がそう決めたのじゃ！　ならばそうするまでじゃ！　ザクロ！　おのれは妾に逆らおうというのか！」

「それが勅令ということであれば従うまでだが。そういうわけだ。俺たちの次の仕事は、この世界の生命を絶滅させることらしいぞ？」

　ザクロが振り返り、エウフェミアと春人に向けて言う。

春人はその様子を呆れた目で見ていた。
どうやら、主上というのはずいぶんと小物じみた考え方をするようだった。

即死チートが最強すぎて、異世界のやつらがまるで相手にならないんですが。

番外編

―書き下ろし―

教団

二学期の始業日。

「高遠夜霧です。よろしくお願いします」

教壇の上で、夜霧はていねいに頭を下げた。

地方都市にある、とある小学校の五年一組の教室でのことだ。

夜霧の誕生日は一月一日に設定されていて、十歳ということになっていた。夜霧の生年月日は不明なのだが、見た目の体格から十歳前後だろうと推定されていたのだ。

夜霧は、転校してきたことになっていた。今日から小学校に通うことになったのだ。

「じゃあ高遠くんは後ろのあいている席に座ってもらいますね」

担任はまだ若い女の先生だった。朝霞《あさか》と同程度の年齢に見えるので、大学を卒業してすぐに教員になれたのだろう。

夜霧は先生の指示通り教室の後方へと歩いていき、そして転《こ》けた。

何かにつまずいたのだ。

何があったのかと夜霧が確認すると、足が突き出ていた。生意気そうな少年が、これ見よがしに足を横に出していたのだ。

「何もねーとこで転けるって間抜けかよ？」

クラス中が笑いに包まれた。

どういうことなのか夜霧は一瞬わからなくなったが、すぐにこういうこともあるのかと考えた。人間の社会は複雑怪奇らしい。様々な思惑を持った人々が関連しあって、混沌に満ちた社会を形成しているのだ。

初めて小学校に来た自分にはまだわからないこともあるのだろう。夜霧はそう前向きに考えた。

立ち上がり、夜霧は自分の席についた。

「大丈夫？　片山《かたやま》には逆らわないほうがいいよ」

隣の席の女子が声をかけてきた。

「うん。怪我はしてないから」

足をかけたのが片山で、どうやらクラスを牛耳っている存在のようだった。

＊＊＊＊

「……私としては、学校に行かせるというのは時期尚早だと思っているんですが……今からでも説得できないですかねぇ……」

「無理ですよ。私自身が、いつまでも閉じ込めとくもんじゃないと思ってますもん」

小学校から徒歩五分の位置にある二階建ての家。

そこが夜霧の自宅であり、朝霞の新しい職場だった。

朝霞はリビングで、上司である白石《しらいし》と話をしているのだ。

「うーん。高遠さんを人質に言うことをきかせるとか、高遠さんを洗脳して間接的に操るとか
……」

「さらっと恐ろしいことを言わないでくださいよ……」

「今だから言いますけど、高遠さんを操り人形にするのは簡単ですし、実際そうする計画もあったんですよね」

「本当に恐ろしい話じゃないですか！」

「ですけど、ＡΩ《アルファオメガ》は高遠さんにすっかり懐いてしまいました。それはよかったんですがあまりにうまくいき過ぎてしまいまして。この状況で、高遠さんの自由を奪うようなことをすれば……」

「うぬぼれてるように聞こえるかもしれませんけど、研究所関連は全滅じゃないですかね……」

下手をすれば、世界すら滅びかねなかった。

「まあ、やると決めたことですからきちんと進めますよ。あと、こちらが支給の携帯端末です」

「へぇ。私の持ってるやつよりはよさそうですね」

「その端末にはＡΩの状態を表示する機能がありますので、常に気にかけておいてください」

「夜霧くんの位置がわかるんですか。で、この封印状態ってのが例のやつですね。そんなのまでわかるんですねぇ」

「ＡΩの状況を把握するのが最優先事項ですからね。総力を挙げて開発しました」

夜霧が一般社会と関わる際に、その能力を制限することは必須だった。

ちょっと気に食わないといった程度でその力を使われてはたまったものではないからだ。

そこで、夜霧には自らの力を封印することを要望した。

幸い、封印は夜霧にとってそう難しいものではなかったらしい。

もっともそれは、力を使う際に少しばかり手間がかかるといったものでしかなかった。銃を暴発させないためにある安全装置のようなものでしかないのだ。

「とにかく封印が解けた、イコール、ＡΩが力を使おうとしている、ということです。その場合は、なんとしてもその場に駆けつけてどうにかしてください」

「え、どうにかって……どうやって？」

「その……なにかしらの、絆とか愛とかそーゆーやつで？」

「ふわっふわですね……」

「対策なんてあるなら、我々はこんなに苦労していないんですよ……」

白石の心労は相当なもののようだった。

「夜霧くんならそつなく小学校ぐらいはこなしてくれると思うんだけど……ちょっと遅い？」

今日は始業式しかないはずなのですぐに帰ってくると思っていたのだが、想定以上に時間がかかっているようだ。

朝霞は、さっそく携帯端末を確認した。

このあたりの地図が表示されていて、夜霧の位置が示されている。

通学経路上にいるようなので帰宅途中のようだ。

封印を確認すると、ゲートは全て閉じていた。ログにも変化は記録されていないので力を使った形跡はない。

「ＧＰＳってけっこう誤差ありますよね？」

「その端末の表示はほとんど誤差がないと考えてもらっていいですよ」

「また、民間には知られてない謎の技術ですか」

一般的に知られているような科学技術は氷山の一角でしかないらしい。

裏の世界では魔法と見紛うようなとんでもない技術が開発され、秘匿されているようだった。

「まあ見守りの人はいるらしいから、大丈夫なんだろうけど」

夜霧の周囲は常に監視されているようだった。

「ただいまー」

あれこれと心配していたが、杞憂だったようで、玄関から夜霧の声が聞こえてきた。

朝霞は話を中断して玄関に向かった。

「おかえりー。って、夜霧くん！　どうしたのその怪我！」

大きめの絆創膏が肘や膝に貼られているし、擦り傷の類は数え切れないほどだ。

顔も腫れていて、人相が少し変わったようにすら見えている。

「ボールがぶつかったんだよ」

「ボールだけでそんなになる!?」

「ボールがぶつかって転けたからだよ。保健室に行って応急手当をしてもらったから大丈夫だと思うんだけど」

「えー？　何がどうなったらそうなるわけ？」

「インベーダーゲームだよ」

「何それ？　テレビゲームじゃないんだよね？」

聞いてみれば単純な遊びだった。

参加者は攻撃側と回避側に分かれる。回避側はある地点から、別の地点へと真っ直ぐに移動し、攻撃側はそれにボールをぶつけるという内容だ。

夜霧は、帰ろうとしたところでクラスの少年たちにこの遊びに誘われたらしいのだ。

「なんだ、それ！　いじめなんじゃないの!?」

そもそも、どうすれば勝ちなのかがはっきりしていない。

攻撃側はよってたかって、少数の回避側へとボールを投げ続けるだけなのだ。

「どうなんだろう？　そういうものなのかな、と思ったんだけど」

幸いと言っていいのかはわからないが、夜霧は気にしている様子はなかった。

「えー。これどうすりゃいいの？　学校にのりこむ？　けど子供同士の話だし……けど、最近の子供はえげつないから、ほうっておくとどんどんエスカレートするなんてことも……」

「大丈夫だよ、朝霞さん。そのうち仲良くできると思う」

「そうかなぁ？　初日だけのことならいいんだけど……」

それが新入りへの通過儀礼ということであれば、さほど目くじらを立てることでもないのかもしれない。

不安ではあるが最初から大人が関わるほどでもないのかもしれず、朝霞はとりあえずは見守るしかなかった。

＊＊＊＊＊

格付けは済んだということなのか、通学初日以降は夜霧があからさまにいじめられるということはなかった。

男子の内での序列は最下位付近に置かれたのか舐めた態度をとられることも多いようだが、女子には案外好かれているようでかばってくれる子もいるのだ。

クラス内でのパワーバランスは取れているようで、通学を始めてから一月ほど経ってもたいした問題は起こっていない。

夜霧も、人間の社会にそれなりに馴染めてきていた。

「夜霧くん、これお弁当」

夜霧の通う小学校では給食が提供されるので普段はいらないのだが、時折ある行事の際には必要になることがあった。

今日は、秋の遠足があるのだ。

「いやー、お弁当はあんまり作ったことがなくてさ。ちょっと時間かかったけど」

「ありがとう！」

弁当を受け取り、リュックサックに入れ、家を出た。

集合場所に行き、集団登校し、教室に行く。

朝礼の後、グラウンドに来ているバスに乗った。

席はすでに決まっていて、夜霧は前のほうだった。ちなみにクラスのボス的存在である片山は、一番後ろの席でふんぞり返っている。どうやら、後ろほどいい席ということになっているらしい。

「動物園に行くだけなのに、夜霧くんは楽しそうだね」

バスが動きだしてしばらく経ったころ、隣の席に座っている天野《あまの》絵美《えみ》が訊いてきた。

「うん。楽しいよ」

絵美たちにとっては、何度も行ったことのある退屈な場所なのだろう。

だが、夜霧にすれば大勢で向かう初めての場所であり、新鮮な気分だったのだ。

「コアラとかパンダとかいれば多少は見応えあるのにね……」

「でも、象とかキリンはいるんでしょ？　僕見たことないんだよ。だから楽しみなんだ」

夜霧が身近で見たことのある動物は、ペットのニコリーぐらいのものだった。

巨大な化物などは見たことがあるが、それらはまともな存在ではないので動物を見たうちには入らないだろう。

「そりゃね。でもそんなのどこにでもいるじゃん」

「あと、うさぎとかに触れるんでしょ？」

「うさぎは……まあ、ちょっとは可愛いかも」

そんなことを喋っているうちに、バスの周囲には自然が多くなってきた。

傾斜があり、ぐねぐねと道が曲がっているので、山を登っているのだろう。

「あれ？　こんなとこ通ったかな？」

絵美が首を傾げている。

「動物園は山の中じゃないの？」

夜霧はなんとなく自然の多い山に動物園があると思っていたので、特に疑問には思っていなかっ

た。

「違うよ？　ちょっと遠いけど街の中にあって……こっちが近道なのかな？」

全然違うほうへ向かっているとは思わないのか、絵美は無理矢理自分を納得させていた。

だが、バスは山の中腹にある広場で停車した。

休憩があるとは夜霧は聞いていなかった。なのでこれは予定外のことなのだろう。

「さあ、みなさん。ここで降りますよ」

先頭の補助席に座っていた担任、山口春花《やまぐちはるか》が当たり前のように言った。

「春花先生！　ここ動物園じゃないと思うんですけど！」

夜霧の隣にいる絵美が春花に疑問をぶつけた。

「予定が変わったんです」

春花がにこやかに言う。

その顔には普段のへつらうような笑みはなく、有無を言わせない雰囲気があった。

子供たちもおかしいとは思っただろう。だが、そう言われればバスを降りるしかなかった。

大きな駐車場に、夜霧たちが乗ってきた観光バスが一台だけ停車していた。

クラス全員、三十名の児童がバスから降りると、周囲は白装束の者たちで囲まれていた。

顔は、白い布で覆われていてわからない。男女は入り交じっているようだ。

「みなさんこちらです」

春花は、こんな異常な状況であっても普段とたいして変わりなかった。つまり、この連中と元々関係があるのだろう。

当然、運転手も白装束の仲間だ。

「なんだよ、これ！　意味わかんねーよ！　どこに行くってんだよ！」

片山が吠えた。

春花が笑みを浮かべたまま、片山に近づいていった。

「春花ちゃんよぉ！　どういうことか説明してくれる!?」

先生たちは片山に対しては腫れ物に触るように接していた。

親に力があるらしく、片山はそれを最大限に利用していたのだ。

いつもの春花ならすごすごと引き下がるところだろう。説明しろと言われたのなら、べらべらと喋りはじめたことだろう。

だが、春花は、片山に蹴りを喰らわせた。

パンプスの尖った爪先を、思い切り腹に食い込ませたのだ。

「おとなしくしていてくださいね。教母様が決めた順番がありますから」

片山がうずくまり動かなくなる。

春花は片山をあっさりと肩に担ぎ上げた。普段の弱々しい態度からは信じがたい力だ。

それを見て逆らう者などいるはずもなかった。

＊＊＊＊＊

児童たちは、駐車場から近くにある神社へ連れていかれた。

そこから社の中に入り、地下にある牢に放り込まれたのだ。

自然洞窟らしき所に、木製の格子がはめ込んであるだけの牢屋だった。

木製なので、工夫次第では壊しようがあるのかもしれないが、児童たちは行動を起こせるような状態ではなかった。

みんな混乱し、泣き崩れるだけだったのだ。

「大丈夫だよ。誰か助けにきてくれるって」

夜霧は気休めを口にした。

「本当！　本当に！　助けにきてくれるの！」

「うん」

「絶対!?　絶対にきてくれるの？」

「うん。たぶん」

絵美が夜霧にすがりついていた。他にも何名かの女子が夜霧にくっついている。

こんな状況でも冷静な夜霧を頼もしいと思ったのかもしれない。

いつもなら、女子と仲良くしていれば片山がつっかかってくるはずなのだが、今の片山はおとなしいものだった。

もう動けるはずだが、精神的打撃が大きいのだろう。隅でうずくまったままになっていた。

——僕のいる場所は、研究所の人たちにはわかると思うんだけど。

夜霧の位置は、呪術的な方法で捕捉されているらしいので電波の状況は関係がないらしい。洞窟の中であろうと位置の特定には問題がないはずだった。

なので、助けは来るはずだがそれがいつになるかはわからないし、そのことを教えるわけにもいかなかった。

夜霧は、力や境遇について誰にも言ってはいけないと言われているからだ。

「ひぃっ」

足音が聞こえてきて、絵美が小さな悲鳴をあげた。

やってきたのは、白装束に着替えた春花だった。ただ、他の者たちとは若干ではあるが趣が違う。装飾が少し多いのだ。この連中が何らかの組織なら、春花の立場は他の者よりは少し上なのかもしれなかった。

「みなさん、こんにちは」

明るく話しかけてきたが、返事をする者はいなかった。

「……山口……先生……」

片山が絞り出すように言った。

「あら。なんですか、片山くん。いつもはもっとフランクですのにあらたまって」

「僕が……僕がいつも先生を困らせていたから……こんなことをするんですか……」

「困らせる？　困らせるですか！　そうですね！　君にとってはその程度のことなんでしょうね！　ええ！　先生はいつもとても困っていました。いつもいつも殺してやりたいと思っていましたよ？」

「だったら……他のみんなは……」

「あら、あらあらあら！　もしかして！　全ての責任は自分にあるから、クラスのみんなは見逃してほしい！　とかそんなことを言うつもりなんですか！　すごい！　いつもは傍若無人なガキ大将のくせに！　まるで映画版のジャイアンみたいですね！　すごいです！　先生は感動しています！　こんな映画みたいなことを片山くんが言ってくれるなんて思ってもみませんでした！」

児童たちは押し黙っていた。

すすり泣くこともやめて、春花の一挙手一投足に注目していた。

「先生は、片山くんを許してあげたいです！　極限状態において本性が現れるというのなら、片山くんはきっと男気に溢れる、自らの命をも犠牲にしてみんなを守るような勇敢な少年なのでしょう！　そんな片山くんですから、生きて帰れれば改心して、世のため、人のために活躍したりするんでしょうね！」

「だったら、助けて――」

「でも残念です。これは私が決めたことではないんです。とてもとても残念です。私にその権限があるのなら、みなさんを助けてあげたいんです！　でも、全ては教母様がお決めになることなんです！　教母様は、みなさんを選ばれました！　これはとても光栄なことなのですよ！」

春花が感極まった様子で叫んだ。

児童たちは気付いたことだろう。春花は聞く耳など持っていない。その教母とやらが決めたままに春花は動くのだ。

「山口先生」

「あら、なんですか高遠くん」

「なんで僕たちなの？　僕がいることは関係ある？」

「さあ。全ては教母様のお心のまま。そのお考えは我ら下賤《げせん》の者には計り知れないのです！」

夜霧は、自分を狙ってのことかと考えた。片山ではないが、自分一人で済むことならクラスのみんなは解放してほしかったのだ。

だが、少なくとも春花は夜霧を特別視はしていないようだった。

夜霧がどうしたものかと考えていると、白装束たちがやってきて牢の鍵を開けて扉を開いた。

「さあ。みなさん、奥へとどうぞ」

白装束たちが洞窟の一方を塞いでいた。

児童たちは、虚ろな目をしたまま牢を出て、洞窟を奥へと歩いていく。白装束たちは、手に武器を持っていた。いかにも鋭い、子供の身体など簡単に切り裂いてしまいそうな凶悪な刃だ。

そんな物を目にしてしまえば、逆らう気など簡単に失せてしまう。

洞窟を歩いていくと、広い空間に出た。

そこかしこに篝火《かがりび》がたかれていて、ここまでの通路よりもさらに明るく中が照らし出されている。

広間には血の臭いが充満していて、中央に何かが描かれていた。

血で描かれ、随所に臓物が配置された魔法陣のようなものだ。それになんの意味があるのかなどわかりはしないが、禍々しさだけは容易に伝わってくる。

誰かが吐いた。それは次々に連鎖していき、あたりに吐瀉物がまき散らされる。そんな汚物すらもが、この空間を彩るかのようだった。

白装束たちが至る所にいて、何かを唱え何かを鳴らしていた。

いつの間にか、入り口は鉄格子で閉ざされていた。

ここまで児童たちを追い立てていた白装束はいつの間にかいなくなっていた。

この広場で儀式をしていた白装束と合流したのだろう。春花は一人、広場の奥にある祭壇の前へと移動していた。

春花が一際大きな声で、意味のわからない言葉を朗々と唱える。

それが合図となったのか、魔法陣から闇が溢れ出した。

一切の光を拒絶するかのような漆黒が、そこから這い出してきたのだ。

それは形を持っていた。細く、長く、大きく、先端に五本の指を備えている腕のようなものだ。

そんな腕が、何本も何本も飛び出してくる。

それはあたりを探るように、這い回り、触れた物を手当たり次第に摑み取った。

白装束たちが捕まり、宙に浮く。悲鳴が狭い空間に反響した。

魔法陣から、黒く大きな塊が滲み出てくる。

それは顔だった。いくつもある赤い光は目なのだろう。乱杭《らんぐい》状に並ぶ白い刃は牙なのだ。それは、大きく口を開き、その中に白装束たちを放り込んだ。

ぐちゃぐちゃと咀嚼音が鳴り響き、児童の何人かは倒れた。こんなものを見てはとても正気ではいられなかったのだろう。

それは白装束たちを喰らい、より大きくなっていく。優先順位でもあるのか、それは児童たちは手にかけなかった。白装束だけを喰らい続けているのだ。

だが、白装束が全ていなくなればどうなるのか。それが児童たちを見逃すと考えるのは、あまりにも楽観的過ぎるだろう。

気付けば、白装束は春花だけになっていて、黒い何かはその全身を露わにしていた。

大きく、いくつもの腕を備えた黒い影。そんな化物が、天井付近から児童たちを見下ろしていた。

「いやあああ！　もういやあああ！」

夜霧の隣にいた絵美が叫ぶ。

「たすけ……たすけて……」

片山は腰を抜かし、尻餅をついていた。虚勢も何もなく、ただ怯えて泣き続けている。

「みなさんには白い人が無茶苦茶に喰い殺されているだけに見えたことでしょうが、あれにも教母様がお決めになった順番があったのですよ」

黒い化物が一旦落ち着いたところで、春花が言った。

「さて。次はみなさんです。これにもちゃんと順番がありますから、落ち着いて行儀良く待っていましょうね。片山くんは残念ながら一番最後です。最初は天野さんなんですよ」

「なんで……なんで……こんなの……」

黒い化物が、絵美を見た。絵美はまともに呼吸もできなくなってへたりこんだ。

——助けが来るかと思ってたけど……。

助けを待っていたら犠牲が出る。

躊躇《ためら》いつつも、夜霧は封印を解除した。第一門を開き、フェイズ1を使用可能にしたのだ。

それにより、能力の任意使用が解禁される。

黒い影が嗤い、あざけるようにゆっくりと、絵美へと手を伸ばしてくる。

「死ね」

夜霧は、黒い影に手を向けて力を発動した。

黒い影が、輪郭をなくした。

黒い霧となり、拡散し、後には何も残らない。

「は？」

春花が間抜けな声をあげた。

「え？　なに？　高遠くん？」

絵美が、夜霧を見上げていた。

児童たちは、しゃがみ込み、尻餅をつき、頭を抱えてうずくまるなどしている。その中にあって、夜霧だけが立っていた。何を恐れることもなく、前を見つめていたのだ。

夜霧の力は目に見えるものではない。だが、この状況では夜霧が何かしたのは誰の目にも明らかだった。

「どういうことなんです、これは？　教母様の計画はどうなったんですか？　神はどうなったのですか？　これは、高遠くんあなたが――」

そこまで言ったところで、春花は取り押さえられた。

夜霧を守るためにやってきた部隊が、この広場へと突入してきたのだ。

＊＊＊＊＊

児童たちは研究所の救出部隊により全員救出され、すぐに病院に連れていかれた。

外傷のある者はいなかったが、大半の児童にＰＴＳＤの兆候があったらしい。

夜霧だけは無事だったのだが、授業がいつ再開されるかは未定とのことだった。

「夜霧くんが力を使うことになるような事件に巻き込まれるって、どういうことなんですかね？」

「いやぁ。警戒はしていたんですが、まさかここまで大がかりなことを仕掛けてくる者がいるとは……」

白石が申し訳なさそうに言う。

ここは研究所の会議室だった。

朝霞と夜霧は、けっきょくここに戻ってくることになったのだ。

「見守りだとか護衛の人が常に付いてるって話でしたよね？」

「そうなんですが、山で全滅していました。油断していたわけではないんですが、してやられましたね。どうも相手のほうが一枚上手だったようです」

「これって夜霧くんを狙ってのことじゃなかったんですか？」

「おそらく。そうであればもっと早く対応できたかもしれません」

「教団、ですか」

「ええ。教母と呼ばれる存在を軸に世界中で暗躍する宗教組織です。その目的は、新たな神を地上に降臨させてそれに仕えること……とかで、世界各地で物騒な事件を起こしています」

「たまたま、夜霧くんのクラスの担任がその教団の教徒だったと?」

「そのようですね」

「そんな奴らがその辺にごろごろいるんですか? 今回のことだって、無差別殺人でしょう。こんなの野放しにしとけないじゃないですか」

「それがですね。教団も裏の世界にコネクションを持つ組織でして」

「また、裏ですか!」

「世界各国の上層部にもその信奉者がいるとのことで、一筋縄にはいかないようです。担任の先生についても、お定まりの事情聴取を受けただけで釈放されましたし」

「はぁ!? どういうことなんですか! 担任の先生が手引きしたんですよね!?」

「いやぁ。それが、児童たちと一緒に誘拐された被害者だと主張しておりまして。で、児童たちの証言に出てくる白装束の連中というのが他に一人も残っていないせいで、確たる証拠もなくてですね。まあ、さすがに小学校の教員を続けることはできないかと思いますが」

「教団とか機関とか、ほんと、どうにかしてくださいよ……」

機関は以前に朝霞を攫《さら》った組織で、夜霧のような危険な存在を封印してまわっているらしい。裏の世界とやらには、こんな奴らがいくらでもいるようだった。

「はは。善処いたします。というかできることはやっているつもりだったんですが……」

この件で教団にも夜霧のことが知られたはずだ。今回は夜霧が目当てではなかったようだが、神の降臨を第一義とするような連中だ。夜霧に興味を持ったとしても不思議ではないし、今後はより一層の警戒が必要と思われた。

「でも、先生が教団の人間だったとかまではわかってなかったんでしょ？」

「調べるつもりであれば、調べられたはずですね。ただ、無闇に教団の情報を漁るのもそれはそれで危険が伴いまして……」

「そのあたりはお任せしますから、善処しまくってください」

朝霞は席を立った。

会議室を出て、夜霧のいる別の会議室へと戻る。

「ただいま」

「朝霞さん、おかえりなさい」

夜霧は、長机の上にノートを広げて自習していた。あんな事件があっても学習意欲は失われていないようだ。朝霞は少しばかりほっとした。

「学校はさ。今度はもっといろいろ調べるってさ。ちょっと窮屈になるかもだけど、もうやめってことにはならないから」

「うん……」

だが、思うところがあるのか夜霧は浮かない顔をしていた。

「今回の件はさ。夜霧くんがいたからとかじゃないからね。むしろ、夜霧くんがいなかったらクラスのみんなは助からなかったよ」

「そうかな」

「そうだよ。まあ、おおっぴらに助けたとは言えないんだけどさ」

「みんなは元気なのかな」

「すぐには無理かもしれないけど、また会えたらいいね」

「うん」

わけのわからない組織の暗躍がなくなれば、夜霧も穏やかに暮らせるようになるのかもしれない。

朝霞は、いつかそんな世界になればと思うのだった。

あとがき

9巻です！

いやー、ここまで続くって大変なことですよね！

9巻出てるシリーズぐらい世の中にはたくさんあるだろって思われるかもしれませんが、敵が即死するだけの話がここまで続くってすごくないですか？

即死チート敗れたり！　主人公大ピンチ！　どうなる主人公！　頑張れ主人公！

なんて展開はまるでないのに話が続いてるんです。書いてるほうもびっくりです。

とはいえ、ここから新展開！　新シリーズ！　とかにはなりませんので、お話はかなり終わりのほうに近づいてきてはいます。

ここから終わりまでもよろしくお願いいたします。

いつもあとがきはどうしようかと思って頭を悩ませているのですが、今回は2ページだけですので、こうやって話を切り出しているだけであっという間に終わってしまいそうですね。

あとがきって何を書くものなのか、いまだによくわかっていません。近況とか書けばいいのかもしれませんが、そんなに面白おかしい日常を過ごしているわけでもないですし。

人のあとがきを読むのはけっこう好きなんですが、いざ自分で書くとなるとなかなか難しいですね。


では謝辞です。

担当編集様。いつにもましてギリギリですみません。本当にいつもありがとうございます。

イラスト担当の成瀬《なるせ》ちさと先生。素敵なイラストをありがとうございます。

今回もなんだかんだでギリギリな感じで、本当に申し訳ないと思っております。

スケジュールの件では謝ってばかりですが、次こそはどうにかしたいところです！


次は10巻、とうとう二桁ですね！　引き続き応援よろしくお願いいたします！

藤孝《ふじたか》　剛志《つよし》

こんにちは、イラスト担当の成瀬です。

キャラクターの衣装について……、
毎回担当氏より「前回と同じ服だとなんなので、着替えさせましょう」
という提案があり衣替えしているのですが、
デザインについては特に指定がなかったりします。
知千佳や槐（の中の人のもこもこさん）の性格を考えるに、街歩きでもない場所で
自らフリフリな服は選択しないだろう、という理屈で、スカートはショートパンツとなり、
どんどん服装が可愛らしさからかけ離れていくのが、最近の悩みです。

そんなこんなで今回も楽しく描かせていただきました。
それでは、次は10巻でお会いできたら幸いです。

成瀬ちさと

EARTH STAR NOVEL

即死チートが最強すぎて、異世界のやつらがまるで相手にならないんですが。9

発行 ―――― 2020年7月15日　初版第1刷発行

著者 ―――― 藤孝剛志

イラストレーター ―――― 成瀬ちさと

装丁デザイン ―――― 山上陽一（ARTEN）

発行者 ―――― 幕内和博

編集 ―――― 半澤三智丸

発行所 ―――― 株式会社 アース・スター エンターテイメント
〒141-0021　東京都品川区上大崎3-1-1
目黒セントラルスクエア　8F
TEL：03-5795-2871
FAX：03-5795-2872
https://www.es-novel.jp/

印刷・製本 ―――― 図書印刷株式会社

ISBN 978-4-8030-1434-1